서문문고
178

미시시피 씨의 결혼

뒤렌마트 지음
김 장 활 옮김

▧ 미시시피 씨의 결혼

차 례

해　설 ··〈金昌活〉 5
미시시피 씨의 결혼 ·· 7
로물루스 대제 ·· 131

해 설

김 창 활

'시골 학생은 소설을 읽고 도시 학생은 희곡을 읽는다'라는 속설이 있다. 속설이니만큼 거기에다 무슨 의의를 붙여 본다든가, 척도로 삼으려 한다는 것은 지극히 위험스러운 생각이긴 하겠지만 희곡 문학의 일면을 적절히 묘사한 재미있는 표현이라고 하겠다.

희곡 작품에는 소설에서보다 비평의식(批評意識)이 강하고, 긴장미가 앞선다. 그것은 아마도 두세 시간 내외에 승부를 가려야 하는 희곡 문학의 외적 조건 때문이기도 하겠지만, 작가는 필요 없는 군더더기나 시간을 끄는 설명 같은 것을 깨끗하게 추려 버릴 수 있어야 극작가가 될 수 있다.

그런 것들이, 희곡 문학을 전원적(田園的)이기보다 도회지적으로 보이게 하는 것이 아닐까? 대개 소설 작품과 희곡 작품을 동시에 쓰고 있는 작가의 작품들을 비교해 볼 때, 그런 느낌이 강하게 든다. 사무엘 베케트나, 장 폴 사르트르, 막심 고리키 등등······.

그러나 대화보다 독백(獨白)을, 그리고 인간보다 자연을 탐하는 우리 동양인에게는 이 희곡 문학이 낯설고, 생소한 것은 사실이다. 이 낯설고 생소한 벽을 무너뜨리기 전에는 이 땅에 극문학의 만개를 도래하게 할 수는 없을 것이다.

여기 프리드리히 뒤렌 마트의 두 개의 희곡 작품을 소개하는 것도 그러한 작업의 일환이라는 욕심을 품고서이다.

프리드리히 뒤렌 마트는 막스 프리쉬와 함께 스위스 출신의 작가이면서, 전후 독일극계(獨逸劇界)에서 가장 탁월하고 성공한 극작가로 군림한 작가이다. 그의 작품의 기발한 발상이며, 현란한 대사 및 날카로운 비평정신(批評精神)은 유례를 찾기 어려우리만큼 탁월하다. '인간을 모조리 언어로 환원하고 싶다'고 말한 그는 전망(展望)이 보이지 않는 현대'에는 영웅을 가지지 않는 희극 형식만이 가능하다고 생각하여 시종일관 희극만을 써 오고 있다. 그러나 그의 희극들은 그 어떤 비극작품 못지않게 통렬하고, 적나라한 진실을 폭로하고 있다.

현재까지 그의 희곡 작품으로는 여기 소개하는 ≪미시시피 씨의 결혼≫과 ≪로물루스 대제≫ 외에 ≪그렇게 쓰여졌도다(Es steht geschrieben)≫ ≪천사 바빌론에 오다(Ein Engel kommt nach Babylon)≫ ≪노부인의 방문(Der Besuch der alten Dame)≫ ≪물리학자들(Die Physiker)≫ 등이 있고, 이 작품들은 모두가 세계 각국에서 공연되어 큰 성과를 거둔 작품들이다.

옮긴이

미시시피 씨의 결혼

Die Ehe
des
Herrn Mississippi

▧ 장소와 나오는 사람들

나오는 사람들

아나스타샤
플로레스탄 미시시피
프레드릭 르네 생 클로드
보도 폰 위벨로에(차베른체 백작)
하 녀
디에고(장관)
사나이들
두 감시인
위버후버(교수)
정신병원 의사들

무 대

　방(房). 부르주아의 방답게 화려, 장엄하다. 필설로 묘사하기 어려울 정도. 하지만 사건이 이 방에서만 전개되고, 또 그 모든 사건들이 바로 이 방(房)의 역사라고 해도 좋을 정도이므로 감히 묘사를 해야겠다. 한마디로 말해서 이 방은 전대미문의 방이라고 할 수 있겠다. 뒷면에 두 개의 창. 오른쪽 창으로는 사과나무의 위쪽 가지가 보이고, 그 뒤로는 고딕식 성당이 있는 북구 도시가 전개된다. 왼쪽 창으로는 사이프러스나무, 고내 사원의 폐허, 항만과 항구 등등, 조망이 어리둥절할 정도지만, 그 정도로 해 두자. 이 두 개의 창 사이엔 그리 높지 않게 벽시계가 하나 걸려 있다. 이놈 역시 생김새가 고딕식이다. 자, 그러면 이젠 오른쪽 벽으로 눈을 돌려보자. 거기에는 두 개의 문이 있다. 뒤쪽 문은 베란다를 거쳐서 다음 방으로 통하는데, 그리 중요치 않고 5막에서만 사용된다. 오른쪽 벽 앞쪽 문은 현관과 출구로 통하게 되어 있고 더 저쪽으로는 부엌이 있는데, 현관에서 모퉁이를 돌아 왼쪽 정도가 될 듯하다. 도대체 이런 집이 어떻게 지어졌을까 따위는 덮어두고, 그저 어지럽게 여러 번 개축(改築)된 어떤 귀족 저택쯤으로 생각해 두자. 두 문 사이의 오른쪽으로 조그마한 벽감(벽 속에 오목하게 들어간 곳)이 있는데, 이 벽감은 루이 15세 때의 양식으로 하면 좋겠다. 그 안에는 사랑의 여신상이 있다. 물론 석고 제품으로 해야겠다. 왼쪽 벽에는 단 하나의 출입문이 있는데 문의 좌우로 각각 세기말 양식의 거울이 있다. 이 문은 주방을 거쳐 침실로 통하고, 거기서 다시 다른 방들로 통하게 되어 있다. 그 방들은 각각 모양이 다른 방들이지만 우리가 들어갈 일은 없다. 무대 앞면의 왼쪽에는 또 다른 루이 14세식 거울의 액자 틀이 공중에 매달려 있는데, 유리가 없어서 누가 거울을 들여다보면 그대로 관객을 마주보게 되어 있다. 무대 앞면 오른쪽에는 작은 타원형의 그림이 걸려 있어도 좋겠다. 중앙에는 비더마이어식의 작은 티테이블이 있는데, 이 탁자야말로 이 극의 진정한 주역이라고 해도 좋을 만하다. 모든 사건이 이 탁자를 둘러싸고 전개되며, 이 주위에서 모든 이야기가 공연된다. 물론 나폴레옹식의 가구라면 몇 개 더 갖다 놓아도 무방하겠다. 즉 앞면 왼쪽에 조그만 소파라든가, 뒤쪽 왼편에 병풍 정도로 직접적인 정치적 상황이 요구되지 않는 한은 러시아식 물건은 그만두는 게 좋겠다. 탁자 위에는 일본식 화병에 붉은 장미가 꽂혀 있는데, 이 꽃은 2막에서는 흰 것으로, 3막에서는 노란 것으로, 나머지 막에서는 꽃을 뽑아 버리는 것이 좋겠다. 그 외엔 2인용의 마이센산(産) 고급 도자기 커피 잔을 준비해 두는 것이 좋겠다.

제 1 막

오른쪽에 맥주통을 닮은 세 사나이가 레인코트를 입고, 팔에는 완장을 두른 차림으로 오른손을 주머니에 찌른 채 서 있다. 티테이블과 왼쪽 문 사이의 중앙엔, 그보다 약간 안쪽이라도 무방하겠는데 생 클로드가 서 있다. 이 사람에 대해서는 여기서 자세하게 설명할 필요가 없으니, 강철같이 단단해 보이는 사나이라는 것만 밝힌다. 프록 코트 차림. 전혀 어울리지 않는다. 양말은 붉은색. 어디선가, 성당에서라면 제일 좋겠다, 장엄한 종소리. 레인코트를 입은 사나이 중의.

첫째 사나이 낭신에게 사형 선고가 내렸소. 생 클로드! 손을 머리 위로 드시오!

생 클로드 묵묵히 명령에 따른다.

첫째 시나이 사, 창 사이로!

생 클로드 가라는 쪽으로 간다.

첫째 사나이 벽으로 돌아섯! 그게 제일 간단해요.

생 클로드 벽을 향해 돌아선다.

그때 종소리 점차 사라지고, 한 발의 총성. 그런데도 생 클로드는 그대로 서 있다. 레인코트를 입은 세 사나이, 다시 오른손을 주머니에 찌르고 오른쪽으로 퇴장. 생 클로드는 관중석으로 몸을 돌리고 삼류 극단의 무대감독조(調)로, 때로는 메피스토펠레스의 흉내도 내어가며 다음 대사를 읊어댄다.

생 클로드 신사 숙녀 여러분! 여러분도 보신 바와 같이 본인은 방금 교회의 종소리가 울리는 가운데 총살되었습니다. 본인의 생각으로는 총알이 양견갑골 사이로 해서 몸 속 어딘가를 뚫은 듯합니다. 정확하게 말씀드리기는 좀 어렵군요. (등을 더듬어 본다) 총알이 등으로부터 뚫고 들어와 심장을 짓부수고 아마 여기 가슴께로 빠져 나간 듯합니다. 그러면서 프록 코트를 뚫고 공로 훈장을 망가뜨렸습니다. 게다가 양탄자도 피 얼룩으로 더럽혀놨군요. 대강 살펴볼 때 본인의 현재 상태는 대단히 양호합니다. 총을 맞고도 여전히 이렇게 살아 지껄여야 한다는 게 좀 당황스러운 것은 사실이지만, 그 외에는 아주 썩 잘 되었습니다. 이런 말을 해도 좋을지 모르지만, 본인의 심장은 한 방에 끝장이 났습니다. 그전에 이 속은 음험한 고통으로 들끓었지요. 죽기 전 생시에는, 늘상 이 고통을 숨겨 오느라고 애를 썼습니다. 본인은 타고나길 아주 도덕적으로 살아가도록 태어난 건 줄로만 알았습니다. 그놈의 심장 때문에. 이제 와서 솔직히 털어놓습니다만, 본인의 좀 극단적인 사고방식이랄까 세계관도 실은 대부분이 고통에서 기인한 것이었지요. 방금 여러분이 보신 본인의 죽음, 아주 하찮은 그 본인의 죽음은—이런 표현을 쓰자니 좀 이상하긴 하지만—(고개를 홰홰 저으며) 실상은 이 연극의 마지막에 가서야 일어나게 되어 있는 것입니다. 여러분께서도 짐작하기 그리 어렵지 않으시겠지만, 일단 완장을 두른 사나이들이 등장했다 하면 연극이고 사실이고간에 끝장이 나는 것이고, 해볼 도리 없이 되어 버리는 것이니까요. 그러나 본인의 죽음을, 본인은 이와 같이 표현하고 싶습니다. 치료학상의 이유로 맨 첫머리에 갖다 놓았습니다. 그래서 제일 끔찍한 장면이 앞당겨진 셈이지요. 하나 더 덧붙일 말씀은 원래 본인이 고통스러운 죽음을 당할 때, 이 자리에는 다른 시체들이 또 놓이게 된다는 것입니다. 지금 상황으로는 여러분께서 어리둥절하시겠지만 이 희극이 주로 본인의 친구 미시시피씨의 결혼에 관한 얘기라고 생각한다면 틀림이 없는 일입니다. 주로라고 한 것은, 이 극에서는 그 외에도 세 사나이의 심각한 운명 역시 문제가 되기 때문입니다.

이때 세 개의 반신상(半身像)의 그림이 내려와 무대 뒤쪽 공중에서 흔들거린다. 왼쪽에서부터 생 클로드, 위벨로에, 미시시피의 반신상인데, 생 클로드와 위벨로에의 것엔 검은 테가 둘려 있다.

생 클로드 이 사나이들로 말하자면 방법은 각기 달랐지만, 이 세계의 일부를 개조하거나, 구원하겠다는 유일무이한 염원으로 불탔던 사람들입니다. 그런데 이들에겐 한 여자로 인해 무시무시한 불운이 덮쳐 왔습니다.

이때 아나스타샤의 사진이 역시 검은 테를 하고 내려와서 위벨로에와 미시시피 사진 사이에서 흔들거리다가 멈춘다.

생 클로드 이 여자는 정말이지 개조할 수도 구원할 수도 없는 그런 여자였습니다. 왜 그러냐 하면 이 여자야말로 순간만을 사랑하는 여자였으니까요. 물론 후에 생각해 보니, 어떻게 됐든 그게 훨씬 멋진 생활태도였더군요. 하여간, 그러니까 이 희극은 결국 ≪보도 폰 위벨로에, 즉 차베른체 백작의 사랑≫이라든가, 본인 ≪생 클로드 씨의 모험≫이라고 부를 수도 있겠습니다.

그는 이야기 도중 그때그때 인명에 해당하는 초상화들을 가리킨다.

생 클로드 물론 여러 가지 갈등 속에 뒤엉키다가 종래는 모든 게 파멸되고 만다는 것, 그것도 굉장히 과격하게 이루어진다는 것, 그것이 몹시 유감입니다만, 사실이 그러니 어쩔 수 없지요. 더구나 이제 와선 변경시켜 볼 수도 없는 노릇이구요.

이때 초상화들이 사라진다.

생 클로드 여러분, 저기 이제 몇 명 되지 않는 생존자 중의 한 사람이 창 밖으로 비틀거리며 지나가고 있으니 보아 두십시오.

창 밖으로 위벨로에 백작이 푸른 깃발을 들고 비틀거리며 지나간다.

생 클로드 그는 성스러운 깃발을 들고 구세군 행렬을 따라가고 있는 것입니다. 하지만 사실, 우리들은 여기 이 집의 이층에 있는 것으로 되어 있어서 여러분이 그 사람을 보신다는 것은 있을 수 없는 일이지만, 그런 대로 눈감아 주십시오. 여러분 쪽에서 보면 몇 그루 나무의 꼭대기만 보이실 테니 이곳이 이층이라는 사실은 쉽게 짐작이 되시겠지요. 그건 사이프러스나무와 사과나무의 꼭대기 가지들입니다. 어떻게 되었든, 어디서부터이든 간에 얘기를 시작해 봅시다. 본인이 미카엘 왕을 몰락시킨 그 루마니아에서의 혁명을 꾸미던 때서부터 시작해도 좋겠고, 위벨로에 백작이 보르네오의 그 비참한 내지(內地), 탑방에서 술에 취한 채 역시 술에 취한 말라야 사람의 맹장을 도려내려던 때부터 시작해도 좋겠습니다.

이때 방금 얘기한 상황을 설명하는 두 개의 그림이 위에서부터 내려 드리운다.

생 클로드 하지만 거추장스럽게 그렇게까지 수고할 것 없이, 우리와 이미 친숙해진 이 방에 그냥 앉아 있도록 합시다. 그리고 시간만 그냥 옛날로 돌려보도록 하지요.

그러자 내려 드리웠던 그림들이 다시 올라간다.

생 클로드 이제 이 방을 떠날 필요가 없어졌으니, 일은 아주 수월해졌습니다. 여기가 어디쯤에 있는 집인지는 잘 알 수 없지만 말입니다. 작가는 한 번은 남쪽으로 규정해 가지고 사이프러스나무와 사원과 바다가 나오게 해놓더니 그 다음엔 또 북쪽으로 해서 사과나무와 성당도 보이게 해놓았군요. 자, 하여간 과거로 돌아가봅시다. 본인이 부탁드려도 좋다면, 여러분께서 증인 역할을 해주셨던 본인의 불행이 일어나기 전 5년만 거슬러 올라가 봅시다. 그렇게 되면 1947년이 되나, 48년이 되나? 까짓 거 따지기 귀찮으니 그냥 현재로부터 5년 전으로 합시다. 계절은 5월, 창문들은 살짝 열려 있습니다.

그러자 그때 창문들이 살짝 열린다.

생 클로드 테이블 위의 화병에는 붉은 장미 한 송이. 벽시계 위에는 아나스타샤와 결혼의 행운을 가졌던, 그녀의 첫번째 남편의 초상화가 걸려 있습니다. 설탕공장 주인으로 프랑수아라는 사나이지요.

그의 그림이 위에서 또 내려온다.

생 클로드 하녀가 본인의 옛 친구 미시시피를 안내해 드립니다.

하녀와 미시시피가 오른쪽으로 등장한다.

생 클로드 언제나처럼 검은 프록 코트를 꼭 껴입은 저 친구, 예쁜 하녀에게 단장과 모자를 넘겨주는군요.
그럼 이 틈에 본인은 옛날 버릇대로 물러가겠습니다. 좀 부끄러운 얘기지만 본인은 옛날 생시에도 종종 이 창문으로 드나들었습니다. 이렇게 창문으로 내빼는 것이 단번에 무(無)로 돌아가도 망자(亡者)들의 관습과 얼마만큼 유사한지는 모르겠습니다만, 죽자마자 누구의 가르침이나 안내도 받음이 없었으니 어디 제대로 죽은 사람처럼이야 되겠습니까? 요컨대 이렇게 해서 본인은 본인이 예전에 있던 그 시간의 그 장소로 되돌아간다는 것입니다. 진짜로 땅 속으로 꺼지는 재주를 피워 볼 수는 없으니 말이지요.

그러면서 그는 왼쪽 창문으로 기어오른다.

생 클로드 그럼 마지막으로 한 마디 더, 지금으로부터 5년 전, 미시시피 씨는 이 방에서 정말 중대한 결심을 했다는 것을 미리 알려 드립니다.

생 클로드 창문으로 사라진다.

하 녀 마나님께서 곧 나오실 겁니다, 손님.

하녀는 오른쪽으로 퇴장. 미시시피 씨는 설탕공장 주인의 초상화를 쳐다보고 있나. 왼편에서부터 아나스타샤 등장. 미시시피 씨는 허리를 굽힌다.

아나스타샤 누구신지요?

미시시피 미시시피라는 사람입니다, 부인. 플로레스탄 미시시피요.

아나스타샤 손님께서 써 보내신 편지에는 제게 급한 용무가 있다고 하셨던데요?

미시시피 정말 그대롭니다, 부인. 게다가 직업상 식사 후 외에는 시간을 낼 수 없는 것이 본인의 형편입니다.

아나스타샤 손님께서는 제 남편의 친구분이 되신다고요?

그녀는 뒷면의 초상화를 바라본다. 미시시피도 그쪽을 본다.

미시시피 그 친구의 갑작스런 죽음에 조의(弔意)를 표합니다. (허리를 굽혀 보인다)

아나스타샤 (약간 허둥대며) 시, 심장마비였습니다, 사인은.

미시시피 (다시 몸을 굽히며) 심심한 애도의 뜻을 표합니다.

아나스타샤 커피라도 한잔 하시겠습니까?

그들은 티테이블 앞에 앉는다. 아나스타샤는 오른쪽에, 미시시피는 왼쪽에. 아나스타샤가 커피를 따른다. 이런 장면들은 커피 마시는 동작과 함께 매우 세밀하게 나타내도록 해야 한다. 예컨대 동시에 잔을 입술에 댄다든가, 동시에 찻잔을 젓는 따위

아나스타샤 손님께선 편지로 손님의 얘기를 꼭 들어 달라고, 제 남편 이름까지 들어가면서 쓰셨더군요. (그녀는 남편의 초상화를 돌아다본다) 그렇지 않았다면, 프랑수아가 세상을 뜬 지 며칠 되지도 않은 때고 해서, 선생님을 만나 드릴 수가 없었을 겁니다. 이해해 주셨으면 합니다.

미시시피 이해하고말고요. 저도 고인(故人)을 존중하는 편입니다. (그도 역시 초상화를 바라본다) 그러니 저도 긴급히 드릴 말씀만 아니었어도 부인을 방문해서 괴롭혀 드리지는 않았을 겁니다. 저 역시 상을 당해서 슬퍼해야 할 판이라 더욱 그렇습니다. 실은 저의 젊은 아내도 며칠

전에 죽었지요. (잠시 뜸을 들이다가 의미심장하게) 마드레 느였지요, 제 아내는. (그는 거의 눈에 띄지 않게, 움찔하는 아나스타샤의 표정을 면밀히 관찰한다)

아나스타샤 안 되셨군요.

미시시피 우리집과 댁의 주치의는 몇 해 전부터 같은 사람이지요. 늙은 의사 본젤 씨말입니다. 그분에게서 댁의 바깥어른이 불행하게 돌아가셨다는 소식을 들었습니다. 본젤 씨는 제 아내의 사망 진단도 역시 심장마비로 내렸답니다.

아나스타샤는 다시 흠칫 놀라고, 그는 역시 면밀하게 그것을 살핀다.

아나스타샤 그러시다니, 저 역시 심심한 조의를 표해야겠습니다.

미시시피 제 용긴을 이해하시려면 부인께선 저라는 사람을 확실히 알아두셔야겠습니다. 부인, 저는 검사입니다.

아나스타샤는 놀라 찻잔을 떨어뜨린다.

아나스타샤 손님 대접 솜씨가 서툴러서 말씀을 중단시켰군요. 죄송합니다.

미시시피 (허리를 굽혀 보이며) 천만에요. 괜찮습니다. 제 앞에서는 누구나 공포와 전율로 떨게 마련인걸요.

아나스타샤는 조그만 은종(銀鐘)을 울린다. 하녀가 오른쪽에서 들어와 탁자를 닦고 아나스타샤에게 새 찻잔을 준 후 나간다.

아나스타샤 아직 설탕을 안 넣으셨군요. 넣으세요.

미시시피 고맙습니다.

아나스타샤 (미소 지으며) 그래, 용건이 무엇인가요, 검사님?

미시시피 제가 방문한 이유는 부군과 관련된 일입니다.

아나스타샤 프랑수아가 선생님께 빚이라도 졌나요?

미시시피 금전적인 빚이 아닙니다, 부인. 초면에 부군에 대해 뭣한 이런 이야기를 드리게 되어 유감스럽습니다만, 그 분은 부인을 배신했습니다.

아나스타샤는 움찔한다. 그리고 어색한 침묵.

아나스타샤 (차갑게) 누가 그런 말을 하던가요?

미시시피 (조용하게) 뇌물로는 속여넘길 수 없는 저의 관찰력이지요. 저는 악이 어떤 곳에 숨어 있든 찾아내고야 맙니다. 때로는 그런 능력 때문에 말할 수 없는 고통을 당하지만요.

아나스타샤 선생님은 제 남편이 죽자마자, 어떤 면에서는 아직도 살아 있다고 할 수 있는, 이 방 안에서 그이의 평소 품행에 대해서 어떻게 그와 같은 무례한 주장을 할 수 있는지 의심스럽군요. 그런 말씀은 듣기도 혐오스럽습니다.

미시시피 저는 부인과 같은 아내를 두고도 그가 바람을 피웠다는 게 더욱 혐오스럽습니다. 그리고 저는 여기 그냥 오고 싶어서 온 것도 아니구요. 피할 수 없는 운명이 우리 두 사람을 묶어 놓았기 때문인 것을 부인께서는 짐작 못하시요? 부디 부탁이니, 마음을 단단히 다지고, 제 말을 침착하게 들어 주십시오. 서로가 너무 괴로우니 이제는 아주 조심해야만 되겠습니다.

아나스타샤 (잠시 후, 냉정을 찾아 가지고) 지나치게 흥분한 걸 용서하세요. 프랑수아가 뜻밖에 세상을 떠나서 지쳐 버렸어요. 커피 한 잔 더 드시겠습니까?

미시시피 정말 고맙습니다. 나 같은 직업을 갖자면 신경이 무쇠 같아야 하지요.

그녀가 커피를 따른다.

아나스타샤 설탕을 넣어 드릴까요?

미시시피 고맙습니다. 설탕은 진정제이지요. 유감스럽게도 이런 중요한 얘기를 하는데 시간이 반 시간밖에 없는 형편이군요. 저는 오늘 오후의 재판에서 또 한 건의 사형선고를 관철시켜야만 된답니다. 요즈음 배심원들은 옹졸해서 전처럼 쉽지가 않지요. (그는 커피를 마신다) 부인은 아직도 부군이 바람을 피우지 않았다고 확신하시는지요?

아나스타샤 그에겐 아무 잘못도 없다고 전 굳게 믿습니다.

미시시피 좋습니다. 여전히 그 사람한테 잘못이 없다고 고집하시는군요. 부군과 함께 놀아난 여자의 이름을 대드려도 역시 그러시겠습니까?

아나스타샤 (벌떡 일어나며) 그 여자가 누구예요?

미시시피 (잠시 묵묵히 있다가) 벌써 한 번 말씀드렸지요. 마드레느라고.

아나스타샤 (갑자기 알아채고, 허둥대며) 부인께서?

미시시피 그렇지요, 제 아내였지요.

아나스타샤 (공포에 차서) 그렇지만 그분은 벌써 돌아가셨다면서요?

미시시피 (아주 침착하게) 물론이지요. 마드레느는 심장마비로 죽었습니다. (몹시 위엄 있게) 우리는 똑같이, 돌아가신 부군 프랑수아와 죽은 내 아내에게 속은 것입니다, 부인.

아나스타샤 끔찍해요.

미시시피 결혼이란 게 원래 종종 그렇게 끔찍한 것이지요. (그는 수건으로 땀을 닦는다) 커피 한 잔 더 청할까요?

아나스타샤 (멍하니 있다가 허둥대며) 용서하세요. 너무 놀라서. (커피를 따른다)

미시시피 (한숨 돌리고) 이제 우리가 걸어가야 할 무서운 길의 첫 관문은 지난 셈이군요. 부인께선 바깥양반의 부정을 알고 있다고 인정하셨지요? 그것만으로도 얼마나 많이 진전된 것인지 모릅니다. 증거를 쥔 지가 오래 되시나요?

아나스타샤 (낮은 목소리로) 몇 주일 전쯤이었지요. 정열적인 사람의 행복을 말해 주는 편지를 발견했지요. 마드레느라는 서명이 있더군요. 한 대 얻어맞은 기분이었습니다. 남편의 행동에 도저히 이해가 가지 않아요.

미시시피 부인은 제 아내를 모르셨지요? 애교 있고 사랑스러운 여자였습니다. 젊은데다 눈부시게 아름다웠지요. 키는 중키 정도고요. 아내의 부정이 나를 천만 길 지옥으로 떨어지게 했습니다. 저 역시 편지를 발견했지요. 조심성 없게도 부군의 사무실 주소를 봉투에다 썼더군요. 그들의 사랑은 이미 너무 벅차 올라서 그만 아주 간단한 조심성도 잃은 것 같습니다.

아나스타샤   남편이 죽자, 저로서는 기왕에 죽은 사람이니, 그이의 부정을 잊으려 했습니다. 한때는 저를 열렬히 사랑했고, 저 역시 변함없이 계속 사랑으로 추모할 프랑수아로서 그대로 간직하고 싶었기 때문이지요. 그 때문에 처음엔 선생님의 질문을 회피했습니다. 용서하세요. 선생님 때문에 그 일이 어쩔 수 없이 다시 생각나는군요.

미시시피   저는 부군과 함께 놀아난 여인의 남편으로서, 유감스럽지만 그렇게 하지 않을 수 없었습니다.

아나스타샤   저도 이해는 해요. 남자분이시니까 분명히 해두실 필요가 있으시겠지요. (일어서면서) 약한 여자인 저에게까지 분명히 알려 주셔서 감사해야겠군요, 검사님. 프랑수아에 관해서 이제는 전부 알았습니다. 전부를 안다는 것은 끔찍한 일이군요. (지친 듯) 이제 그만 실례해야겠어요. 선생님의 부인과 제 남편은 죽었습니다. 이젠 그 사람들에게서 해명을 요구할 수도 없고, 사랑을 애걸할 도리도 없어요. 그 사람들은 이제 우리들에게서 영원히 사라졌으니까요.

미시시피 역시 일어선다.

미시시피 (진지하게) 진실의 서광이 처음으로 우리들을 비춰 주는 순간입니다. 25년간이나 검사생활을 해온 저로서, 이제는 서로 터놓고 진실을 토로하자고 말씀드리고 싶군요. 비록 진실이 우리들을 파멸시켜 버리는 한이 있더라도 말입니다.

그가 너무나 단호하게 그녀를 바라보므로, 그들은 다시 앉게 된다.

아나스타샤 무슨 말씀이신지……?
미시시피 부군의 사인(死因)에 대한 것입니다.
아나스타샤 무슨 말씀이신지 정말 전 모르겠군요.
미시시피 제가 찾아오자마자, 부인께선 그럴 필요도 없는데 성급하게 부군의 죽은 원인을 말씀하신 것이며, 저의 직업을 말씀드리자 소스라치던 것만으로도 명백한 일 아닙니까?
아나스타샤 좀 분명하게 말씀해 주세요.
미시시피 원하신다면 분명하게 말씀드리지요. 그의 죽음이 의심스럽습니다.
아나스타샤 (성급하게) 나이 50이니, 심장마비로 죽는 거야 흔히 있을 수 있는 일 아닙니까?
미시시피 장밋빛 혈색을 한 건강한 남자가 심장마비로 죽지는 않습니다. 그건 그의 초상화만 봐도 압니다. 그리고 또 내가 관심을 가지고 있는 사람들은 절대로 심장마비 따위로 죽는 일은 없습니다.

아나스타샤 그게 무슨 뜻이지요?

미시시피 부인께서 남편을 독살했다는 그 사실을 부인의 면전에서 내 입으로 직접 말씀드려야만 되겠습니까?

아나스타샤 (그를 쏘아보기는 하지만 이미 자제력을 잃었다) 선생님은 그렇게 믿으시나요?

미시시피 (명확하게) 네. 저는 그렇게 믿습니다.

아나스타샤 (뒤통수를 다시 한 대 얻어맞은 듯) 아니에요!

그녀는 시체처럼 질린다. 미시시피는 화병에서 장미 한 송이를 꺼내 자기 코에다 갖다 댄다.

미시시피 진정하십시오. 그리고 솔직히 털어놓으십시오. 그러면 기분이 편안해질 겁니다.

아나스타샤 (갑자기 감정을 격렬하게 폭발시키며) 천만에요! 어림없습니다!

미시시피는 장미꽃을 다시 화병에 꽂는다. 아나스타샤, 위엄 있게 일어선다. 미시시피도 똑같이 행동한다.

아나스타샤 주치의 본젤 박사께서 심장마비인 것을 틀림없다고 확인하셨습니다. 아무리 검사님이지만 과학의 판단엔 따라야 할 겁니다!

미시시피 이 사회에서는 부인, 과학으로 곤란할 때는 언제나 심장마비라는 진단을 내린답니다.

아나스타샤 제 남편의 죽음에 대해서 얘기할 만한 것은 다 말씀드렸으니, 이젠 그만 가주세요.

미시시피 (걱정스러운 듯) 그건 이 무서운 사건에 대해서, 다른 장소, 다른 상황에서 대화를 계속하게 하는 것이 저의 의무라고 말씀하시는 것인 듯싶군요.

아나스타샤 저로서는 선생님께서 소위 그 의무라는 것을 고집하신다 해도 어쩔 수 없어요.

미시시피 부인의 입장을 고려해 보신다면 그렇지도 않을 것입니다. 자기 집 응접실에서 검사와 마주 앉는다는 것은 그리 흔치 않은 기회인 거죠. 모욕적인 공중의 시선을 받으며, 법정에서 이 일을 처리하고 싶으신가요? 그건 바라는 바가 아니시겠죠? 무엇 때문에 저의 인도적 행동을 무턱대고 오해만 하시는지 모르겠습니다. 살인행위를 자백하는 일은 법정에서보다는 이렇게 커피라도 마셔 가며 하는 편이 훨씬 편한 것이 아니겠습니까?

그들은 다시 앉는다.

아나스타샤 말씀을 듣겠어요.

미시시피 (안심한 듯) 틀림없이 그렇게 하는 것이 제일 좋을 겁니다.

아나스타샤 아무리 그래도, 어떤 권력으로라도, 검사님께서 뒤집어씌우려 하시는 죄를 스스로 인정할 수는 없을 거예요. 검사님께서는 무언가를 오해하고 잘못 생각하고 계신겁니다.

미시시피 피고들이 오해하지, 검사는 절대로 그러질 않습니다.

아나스타샤 제 결백을 위해서는 야수처럼 싸우겠어요.

미시시피 (진지하게) 그런 싸움이 일어나지 않도록 제발 하느님께 기도하십시오, 부인. 내게 대항한다는 것은 정신 나간 짓일 겁니다. 그래도 사람들은 늘상 덤벼 오긴 하죠. 단 몇 분, 몇 시간으로 끝나긴 하지만. 그리고 모두 손을 들고 맙니다. 패배자들을 보아 오다 이렇게 머리털이 하얗게 세었습니다. 부인께서도 내 발 밑에 버러지처럼 움츠리고 싶으신가요? 부디 명심하십시오. 나에게는 윤리적 세계 질서가 뒷받침하고 있다는 걸. 그리고 내게 대항하는 자는 누구나 파멸하게 된다는 것을. 고백한다는 건 힘든 일일 겁니다. 그러나 고백하지 않을 수 없이 된다는 건 그보다 더 끔찍한 일이지요.

아나스타샤 선생님께선 도대체 도덕 설교자이신가요? 아니면 사형집행인이신가요?

미시시피 내 끔찍스러운 직책상, 나는 그 두 가지가 다 되어야 한답니다.

아나스타샤 그래 봤자 아무 근거도 없이, 저에게 그런 고백을 강요하실 수는 없을 거예요.

미시시피 정히 그러시다면 유감스럽지만 보도 폰 위벨로에, 즉, 차베른체 백작의 이름을 대야 되겠군요.

아나스타샤는 그 순간 몹시 놀라지만, 곧 자제한다.

아나스타샤 전 그런 사람을 모릅니다.

미시시피 부인께서는 소녀 시절을 로잔에서 위벨로에 백작과 함께 지내셨습니다. 거기에서 부인의 부친께서는 여학교 교사였고, 백작은 백작가의 성에서 자라났죠. 당신들은 헤어졌다가 수년 전, 이 도시에서 다시 만나게 되었습니다. 부인은 남의 아내로서, 백작은 자선병원 성 게오르그 병원의 원장 겸 그 설립자로서 말입니다.

아나스타샤 (겨우) 요즈음은 자주 만나지 못했어요.

미시시피 지난 16일에 부인께선 그에게 꼭 각설탕처럼 생긴 하얀 독약 두 알을 청하셨지요. 언제나처럼 함께 '괴츠 폰 베를링겐'을 보러 갔을 때, 바이슬링겐다의 죽는 장면에서 그 친구가 얘기하던 독약을요. 그리고 그분께선 술 애호가라죠?

아나스타샤 (완강하게) 그이는 독약을 주지 않았어요.

미시시피 보도 폰 위벨로에 차베른체 백작께서는 이미 모든 사실을 고백했습니다.

아나스타샤 (광포하게) 그럴 리가……!

미시시피 그 사람은 의사 면허를 뺏겠다고 위협해서 그랬는지, 감옥살이가 두려워서 그랬는지, 아무튼 갑자기 이 도시에서 사라져 열대지방으로 줄행랑을 치고 말았습니다.

아나스타샤 (벌떡 일어나며) 보도가 떠났다구요?

미시시피 네, 들고 뛰었습니다.

아나스타샤는 다시 의자에 주저앉는다. 미시시피는 땀을 닦는다.

아나스타샤 (한참 지나 침착을 찾아 가지고) 뭣 때문에 그런 조처를 취하겠다고 그 사람을 위협하셨지요? 자선병원 성 게오르그는 그 사람 필생의 사업이었는데요.

미시시피 나는 의료법을 지켰을 뿐입니다. (잠시 사이를 두었다가) 그가 몹시 낙망해서 한 진술에 의하면, 부인께선 그 독약으로 개를 죽이겠다고 하셨다더군요. 그래 봤자 그건 독약을 내준 죄를 용서받을 수 있는 진술은 못 되는 거지요.

아나스타샤 저는 개를 죽여야만 했어요. 개가 아팠으니까요.

미시시피 (공손하게) 잠깐만, 주거권 침해를 해야겠군요.

그는 일어나서 허리를 굽히고는 아나스타샤의 조그만 은종을 울린다. 오른쪽에서 하녀가 들어온다.

미시시피 이름이 뭐지?

하 녀 루크레치아에요.

미시시피 마님한테 개가 한 마리 있었나, 루크레치아?

하 녀 네, 하지만 죽었어요.

미시시피 개가 언제 죽었지, 루크레치아?

하 녀 한 달 전에요.

미시시피 이젠 다시 일보러 가도 좋아요, 루크레치아.

하녀는 오른쪽으로 사라진다. 미시시피 다시 일어난다.

미시시피 개가 죽은 것은 한 달 전이고, 당신이 옛 친구 위벨로에 차베른체 백작에게서 독약을 얻어 온 것은 닷새 전이었습니다. 효과 빠른 각설탕 모양의 독약 두 알이었죠. 서로의 위신을 손상시키는 이런 희극을 대체 얼마나 계속해야 되겠습니까, 부인? 부인은 제게 검사들이 할 수 없을 때에만 쓰는 비상수단을 쓰게 하는군요. 조금 전만 하더라도 하녀까지 심문을 받게 했잖습니까?

<small>아나스타샤 역시 일어난다. 이때 두 사람의 격정적인 싸움을 나타내는 간단한 무용이 있어도 좋겠다.</small>

아나스타샤 (나지막하게) 저는 남편을 독살하지 않았어요.

미시시피 그러면 그건 자명한 논리를 회피하는 게 아닐까요, 부인?

아나스타샤 저는 아무 죄도 없어요.

미시시피 어떤 논리로도 살인을 인정할 수 없다는 겁니까?

아나스타샤 저는 남편을 죽이지 않았어요.

미시시피 그렇다면 마드레느는 허무맹랑한 망상을 한 것이 되겠군요. 마드레느는 자기 정부(情夫)의 죽음이 모욕당한 부인의 복수라고 생각했는데……

아나스타샤 (눈을 빛내며) 부인이 그렇게 생각했나요?

미시시피 부인이 남편을 독살했을지도 모른다는 생각 때문에 마드레느는 거의 미칠 지경이었습니다.

아나스타샤 (억제할 수 없는 승리의 빛을 감추지 못하며) 그 여자가 죽기 전에 괴로워했군요?

미시시피 무서울 정도였습니다.

아나스타샤 (환호성을 울린다) 내가 바라던 것을 얻었구나! 그 여자의 심장 한가운데를 명중시켰어! 그 여자는 울

고불고 날뛰며, 신음하고, 소리 질렀어! 그 여자는 쾌락의 순간들을 수천 배의 절망으로 갚아야만 했어! 나는 둘 다를 죽인 거야! 그는 그녀 때문에, 너는 그 사람 때문에! 그 둘은 두 마리의 짐승처럼 죽어 버렸어! 짐승처럼 뻗어 버렸단 말이야!

미시시피는 다시 앉는다. 아나스타샤 역시 앉는다.

미시시피 그러니까 부인이 남편을 죽인 거지요?
아나스타샤 그래요. 죽였어요. 우린 서로 사랑했어요. 그런데 그이가 나를 배신했어요. 그래서 그이를 죽인 거예요.
미시시피 부인은 그러니까 5월 16일 아침에 보도 폰 위벨로에게 갔고, 부인의 옛 친구이자, 부군의 친구이기도 한 그는 독약을 내주었고요. 그걸로 개를 죽이리라고 무조건 믿으면서 말이지요. 그리고 부인은 점심식사 때, 남편에게 그것을 설탕이라고 주었습니다.
아나스타샤 그이는 한 개를 먹고 죽었어요.
미시시피 그런 일을 부인이 모두 하신 거지요?
아나스타샤 (아주 엄숙하게) 네, 전부 했어요.
미시시피 그 무서운 행동을 후회하진 않습니까?
아나스타샤 그런 일은 몇 번이든 되풀이할 수도 있을 것 같습니다.
미시시피 (질려서) 정열의 심연을 보는 것 같군요.
아나스타샤 (무관심하다는 듯) 이제는 저를 끌고 가실 수 있을 텐데요.

미시시피 (느릿느릿 엄숙하게 일어선다) 저는 부인을 체포하러 온 것이 아니라, 부인께 아내가 되어 주십사 청혼을 하러 온 것입니다. (그는 허리를 굽힌다)

경악의 순간

아나스타샤 (비틀거리며) 무, 무얼 하러 오신 거라구요?
미시시피 (사무적인 어조로) 청혼을 합니다.
아나스타샤 네에?
미시시피 나는 유능하고, 봉급도 썩 좋소. 조용하게 살아가며, 신앙심도 깊고, 직업적인 일 빼고는 부지런히 옛날의 판화를 수집하고 있소. 대개는 목가적인 풍경화들입니다. 그런 것들이 자연의 원래의 죄 없던 상태를 제일 잘 나타내 주고 있는 것 같아서죠. 그리고 우리가 살아가는 데 충분한 연금도 나올 겁니다.
아나스타샤 (시체처럼 질려 가지고) 그렇지만 그건 끔찍한 짓이에요.
미시시피 (다시 허리를 굽히며) 인간의 생활이라는 것이 원래 끔찍스러운 게 아닙니까, 부인.

그는 앉는다. 아나스타샤도 최면에 걸린 듯 따라 앉는다.

미시시피 커피 한 잔 더 청해도 괜찮겠소? (그는 시계를 본다) 아직 12분이 남았군.
아나스타샤 (기계적으로 커피를 따르며) 선생님의 태도를 이해할 수가 없군요. 처음에는 어떤 남자에게도 여자란 것에 대해 공포를 느끼게 하는 그런 끔찍한 행동을 자백 시키더니, 이제 와선 냉혈동물처럼 아내가 되어 달라고 청혼을 하시니 말이에요.

미시시피 (설탕을 넣으며 조용히) 나 역시 무서운 고백을 하겠소. 부인이 남편을 죽였듯, 나 역시 바로 그 각설탕처럼 생긴 독약으로 내 아내를 독살했소.

아나스타샤 (경악하며) 당신도요?

미시시피 (반석처럼 끄덕도 않고) 그렇소, 나 역시.

> 아나스타샤는 한 대 얻어맞은 듯한 멍멍한 얼굴이 되고, 미시시피는 스푼으로 커피 잔을 젓는다.

미시시피 위벨로에 백작한테서 나머지 독약을 압수했소. 역시 두 알이었소만. 집에 돌아와서 점심 후에 그 중 한 알을 마드레느의 커피에 넣었소. 그런 지 30분 후에 그 여자는 조용히 숨진 거요. (한 모금 마시고 찻잔을 내려놓으며) 내 생애에서 가장 소름 끼치는 반 시간이었소.

아나스타샤 (충격을 받은 듯) 그렇다면 그것이 우리들을 묶어주는 운명이군요.

미시시피 (지친 듯) 이제는 둘이 다 서로 자기가 한 일을 고백한 거요.

아나스타샤 당신은 살인을 하셨고, 저도 그랬어요, 둘 다 살인자예요.

미시시피 (단호하게) 아니오, 부인. 나는 살인자가 아니오. 부인의 행동과 나의 행동 사이에는 뛰어넘을 수 없는 차이가 있소. 부인은 무서운 충동에 못 이겨 살인을 했지만 나는 윤리적인 판단에 의해 살인을 한 거요. 부인은 남편을 살해한 것이지만, 나는 내 아내를 처형한 것이오.

아나스타샤 (놀라며) 처형이라고요?

미시시피 (자랑스럽게) 그렇소, 처형.

아나스타샤 그 놀라운 말씀을 어떻게 받아들여야 좋을지 모르겠군요.

미시시피 글자 그대로요. 나는 아내가 간통이라는 죽을 죄를 범했기에 처형한 거요.

아나스타샤 이 세상 어느 법률에도 간통한 자를 사형에 처하라는 조문은 없어요.

미시시피 모세의 율법은 그러하오.

아나스타샤 그건 수천 년 전 얘기예요.

미시시피 난 그것을 다시 실시하기로 굳게 결심하고 있던 사람이오.

아나스타샤 미쳤군요.

미시시피 난 완전히 윤리적인 인간일 뿐이오. 우리들의 법률은 수천 년 동안 형편없이 타락해 왔소. 도둑질에 특혜를 주고, 여자와 석유로 무역을 하며, 향락만이 유일한 종교가 된 이 사회에서 법률은 겨우 미풍양속이나 지켜 주는 유통 가치 없는 지폐일 뿐이오. 법정에서 법률이 아직도 통용된다고 믿는 자는 철부지 이상가(理想

家)들뿐이오. 간통의 경우, 쌍방에게 똑같이 사형이라는 구약성서의 법과 비교해 볼 때, 오늘날의 우리의 법전은 완전히 웃음거리지요. 아내를 죽인 것은 이런 필연적인 이유로서 절대적인 것이었소. 법률을 잃고, 대신에 윤리적 책임도 지울 수 없는 자유라는 것을 얻게 된 세계사의 흐름을 다시 원점으로 되돌려 놓아야만 한다는 것이 내 필생의 사업인 거요.

아나스타샤 그렇다고 해서 제게 청혼을 하는 이유는 설명이 되지 않아요.

미시시피 부인은 아름답소. 그리고 죄를 지은 부인을 깊이 동정합니다.

아나스타샤 (미심쩍어하며) 저를 사랑하세요?

미시시피 나는 이젠 누구도 사랑할 수가 없소.

아나스타샤 무슨 뜻이지요?

미시시피 당신은 살인자요, 부인. 그리고 나는 검사입니다. 그렇지만 죄를 범하는 것이 죄를 보는 것보다는 훨씬 참기 쉬워요. 죄를 짓는 자는 후회할 수도 있지만, 죄를 본다는 것은 어쩔 수도 없는 죽을 노릇인 것입니다. 나는 현 직업에 25년간이나 종사해 오며 죄라는 것을 마주 보아와서, 이제는 파멸 직전이오. 나는 단 한 사람만이라도 사랑할 수 있게 해주십사고 여러 밤을 기원도 했지만 헛수고였소. 나는 이미 사랑할 수 없게 되었나 보오. 어쩔 수 없는 노릇이지. 나는 다만 죽일 수 있을

뿐이오. 인류의 목덜미에 뛰어오르는 야수가 되어 버리고 말았단 말이오. (몸서리를 친다)

아나스타샤 (같이 몸서리를 치며) 그런데도 저에게 청혼을 하시는 거예요?

미시시피 절대적인 정의가 그것을 요구하는군요. 나는 마드레느를 개인적으로 처형한 거요. 국가에 의해서가 아니고. 이 고의적인 행위는 현행법에 속하는 거요. 이 범행에 대해 나는 처형을 받아야 마땅하오. 동기가 아무리 샘물처럼 순수해도 마찬가지요. 하지만 이 타락한 세상에서 나를 재판할 사람은 나 이외에는 없소. 그래서 나는 내 자신에게 선고를 내린 것이오. 당신과 결혼을 하라고.

아나스타샤 (분연히 일어서며) 선생님!

미시시피 (따라 일어서며) 부인!

아나스타샤 저는 지금까지 선생님의 소름 끼치는 얘기를 참을성 있게 들었어요. 하지만 선생님의 지금 얘기는 너무 지나칩니다. 저와의 결혼을 부인 살해에 대한 처형으로 생각한다니요!

미시시피 부인께서도 이 결혼을 부군 살해에 대한 벌로 생각하기를 바랍니다.

아나스타샤 (차갑게) 그렇다면 저를 비열한 살인범으로 생각하시는군요?

미시시피 부인은 정의가 아니라 사랑 때문에 남편을 살해했습니다.

아나스타샤 저처럼 사랑 때문에 남편을 죽인 여자가 있었다면 누구라도 법정에 넘겨 주셨겠죠?

미시시피 내 일생의 야심 때문에 그렇게 했을 거요. 내 사형 구형이 실패한 적은 몇 번 없었소. 그 때마다 속이 상해 번번히 죽을 정도로 건강을 해쳤지만.

아나스타샤 (한동안 사이를 두었다가, 단호하게) 차라리 경찰을 부르세요!

미시시피 그럴 순 없소. 우리는 우리가 한 살인 때문에 어쩔 수 없이 묶여 있단 말이오.

아나스타샤 저는 벌을 줄여 받고 싶지도 않아요.

미시시피 그런 얘기는 말도 되지 않소. 결혼을 해서 벌을 줄이자는 게 아니라, 한없이 벌을 무겁게 하자는 거요.

아나스타샤 (기절할 듯) 그렇다면 나를 끝없이 고문하기 위해 결혼하자는 거군요!

미시시피 서로를 끝없이 고문하기 위해서지요. 우리의 결혼은 피차간에 지옥이 될 겁니다.

아나스타샤 그건 무의미한 짓이에요!

미시시피 우리가 피차 윤리적으로 승화되려면, 그런 과격한 수단을 써야 하는 거요, 부인. 부인은 지금은 살인자이지만 우리의 결혼을 통해서 난 부인을 천사로 승화시키겠소.

아나스타샤 강요할 수는 없어요.

미시시피 절대적인 윤리의 이름으로 나의 아내가 될 것을 요구합니다.

아나스타샤 (병풍 쪽으로 비틀비틀 걸어가며) 차라리 경찰을 부르세요!

미시시피 난 25년간 검사로 일해 오면서 250명을 사형시켰소. 부르주아적 세계에서는 근사치에도 못 미칠 엄청난 숫자인 거요. 이 초인적인 업적이 미약한 한 여자로 인해 허사가 되어도 좋겠소? 우리는 둘 다 오늘날 우리 사회에서 제일 상류층의 사람들이 아니오? 나는 검사이고, 부인은 설탕공장 주인의 미망인이요. 그러니 책임을 질 줄 아는 인간이 됩시다. 나와 결혼합시다! 그리고 함께 결혼의 순교생활로 들어갑시다!

아나스타샤 (절망적으로 울부짖는다) 경찰을 불러 주세요.

미시시피 (얼음처럼 차갑게) 살인, 간통, 간음, 사기, 방화, 착취, 신성 모독까지도 사형을 면할 수 있는 이 시대에 우리의 결혼은 정의의 승리가 될 거요!

아나스타샤 (하도 기가 차서) 맙소사!

미시시피 (무시무시하게 압도해 오며) 결혼해 주시오!

아나스타샤 (뒷면의 초상화를 절망적으로 돌아다보며) 프랑수아!

미시시피 나와의 결혼에 동의하는 거지요?

아나스타샤 동의합니다. 당신과의 결혼을.

미시시피 (손가락에서 결혼반지를 빼며) 그렇다면 죽은 남편의 반지를 내게 넘겨 주시오!

아나스타샤가 손가락에서 결혼 반지를 뽑아 그의 손가락에 끼워 준다.

미시시피 그러면 나의 마드레느의 반지를 받아 주시오.

그는 그녀의 손가락에 반지를 끼워 준다.

미시시피 당신은 이제 내 아내요.

아나스타샤 (억양 없이) 저는 당신의 아내예요.

미시시피 법적 수속을 하기 전에 당신을 반년간 스위스로 보내겠소. 그린델 발트나 빙겐, 그리고 아델부덴도 고려해 봐야지. 당신은 신경이 약해졌어. 산(山) 공기가 기분을 새롭게 해줄 거요. 여행사를 통해서 안내서를 보내 주리다.

그는 조그만 은종을 울린다. 오른쪽에서 하녀가 나타난다.

미시시피 모자와 단장, 그리고 외투를 가져와요.

하녀 퇴장하다.

미시시피 칼뱅파 교회에서 결혼식을 올립시다. 법적 수속은 법무부 장관이 해줄 것이고, 교회 수속은 엔젠 주교가 해줄 거요. 두 사람 다 내 옛 친구로 옥스퍼드 대학의 동창이지. 살 집은 이곳으로 정합시다. 여기서는 법원까지 가는 시간이 십 분이나 절약되니까. 내 고(古) 판화 수집품을 둘 자리가 마땅치 않으면 건물을 증축하기로 합시다. 생활은 엄격하게 해야겠소. 당신은 충실한 아내로서 내 직업상의 온갖 고락에서 나를 도와야 하오. 내가 이룩한 처형을 함께 시찰합시다. 처형은 언제나 금요일이오. 그 밖에도 당신이 사형수들을 정신적으로 돌봐 주었으면 좋겠소. 특히 가난한 서민층들을 말이오. 그들에게 꽃이나 쵸콜릿, 담배를 피우는 자일 경우에는 담배도 좋고, 그런 것을 갖다 주면 될 거요. 내 판화수집을 알기 위해선 몇 개 대학 강의에 나가 배우면 충분할 거요.

그는 허리를 굽혀 보인다. 그러고는 갑자기 소리를 높여 자기 일로 돌아간다.

미시시피 자, 그러면 오늘 오후엔 또 무슨 일이 있어도 사형선고를 하나 더 관철시켜야겠소. (그러고는 그는 꼼짝 않고, 화석이 된 듯 서 있다. 정적)

아나스타샤 (갑자기 두 손으로 머리를 감싸 쥐며 절망적으로 울부짖는다) 보도! 보도! (울부짖으며 왼쪽으로 퇴장한다)

제 2 막

막은 내리지 않고 계속적으로

미시시피 신사 숙녀 여러분! 이것이 말하자면 5년 전, 우리 결혼의 극적인 서두였습니다. 결혼생활은 물론 지옥이었지요. 지옥, 그건 지독한 지옥이었습니다. 그렇지만 그것은 저희들, 제 아내와 저에게는 가장 중요한 것이었다고 할 수 있지요. 말씀드리자면, 저는 그날 헐레벌떡 법원으로 달려갔습니다. 아나스타샤는 화석처럼 굳어 있었지만 저는 승리감에 취해 있었지요. 결국 서의 정의가 이긴 것이었으니까요. 제 아내는 새파랗게 질려 있었습니다. 그 여자가 손으로 머리를 감싸 쥐며 절망적으로 보도! 보도! 하고 부드 위벨리에 차베른체 백작의 이름을 외치는 소리를 저는 유감스럽게도 듣지 못했습니다. 여러분들도 방금 그 사실을 확인하셨겠지요. 그때 저는 이미 계단께까지 갔으니까요. 길거리까지였는지도 모르겠습니다. 정말로 유감스러운 일이었지요. 그렇다고 해서 아내를 의심하는 것은 결코 아닙니다. 지금도 아내가 무죄라고 생각하죠. 간통과 같은 무서운 죄를 범하리라고는 상상조차 할 수 없습니다. 그러나 그 당시에 제 아내가 순수한 우정에서, 상상의 날개를 탄 백작과의 어린 시절의 추억을 지닌 것 이상의 친분을 맺고 있을 수 있다는 것만이라도 생각했더라면 좋았을 겁니다. 그러기만 했더라도 여러 가지 불행한 일을 피할 수 있었을 것입니다. 정말로 여러 가지의 불행한 일을, 모세의 율법으로 세계를 근본적으로 되돌리겠다는 개인적인 제 노력이야 실패했을지라도, 적어도 우리들의 비참한 최후는 피할 수 있었을 겁니다. 저의 재혼 시절은 비록 정신적인 고통이야 많았지만, 그래도 내 생애에서 가장 행복했던 시절이었죠. 직업적으로도 그랬고요. 세상이 다 알다시피 저는 사형선고를 250에서 350으로 올려놓았는데, 그 중에서 사형집행으로까지 이르지 못한 것은 겨우 11건밖에 없으니까요. 그나마도 사회에 물의가 인다고 해서 수상의 특별사면으로 그렇게 된 것이죠. 결혼생활은 철두철미하게 규칙적으로 예정된 길을 따라갔지요. 예측한 대로, 아내의 성격은 눈에 띄게 진지해졌고, 신앙심에 있어서도 보다 긍정적으로 되어갔습니다. 아내는 제 곁에 서서 조용하고 침착하게 처형 광경을 바라보았습니다. 그 광경에 익숙해진 뒤에는 사형수에 대해 경건한 동정심을 잃는 법이 없었습니다.

이때 무대 앞면으로 그림이 흔들거리며 내려온다. 처형장에 서 있는 아나스타샤와 미시시피의 모습이다.

미시시피 매일매일의 형무소 방문이 아내에겐 오래지 않아 내면의 욕구로까지 되었고, 항상 자비심이 넘쳐흐르는 아내를 두고 모두들 '감옥의 천사'라고 불렀습니다. 간단히 말해서 법률의 엄격한 준수만이 인간을 보다 선하고, 보다 높은 차원으로 끌어올릴 수 있다는 제 신조를 증명해 준 풍성한 시절이었습니다.

그림이 다시 올라간다.

미시시피 그런 식으로 몇 년이 흘렀습니다. 여러분께 제 결혼의 시작을 보여 드렸으니 이제 그 종말도 보여 드려야겠군요. 그 동안 방은 거의 바뀌지 않았습니다. 방금 하녀가 렘브란트와 서재의 판화 두 장을 걸고 있군요.

하녀가 오른쪽에서 나타나 판화를 건다.

미시시피 이것만으로도 저희가 사는 형편을 여러분께선 짐작하시고도 남을 겁니다. 나머지 판화 중 일부는 서재에 있습니다. 여러분 쪽에서 볼 때 오른쪽 뒷문으로 통하는 방이지요. 일부는 왼쪽 문으로 가는 아나스타샤의 방과 그녀의 침실에 있고, 또 그 일부는 오른쪽 문 밖의 현관께에 있습니다. 불쌍하게 죽었던 설탕공장 주인의 검은 테를 두른 초상화 곁에는, 또 하나 역시 비슷하게 죽은 제 전처 마드레느의 초상이 걸렸습니다. 보시다시피 약간 감상 어린 금발머리의 젊은 여인이죠.

마드레느의 초상화가 1막 때부터 걸려 있는 설탕공장 주인의 초상

곁으로 내려온다. 그러는 동안 하녀는 오른쪽으로 나간다.

미시시피 그 외에, 방 안에는 또 한 친구 디에고가 와 있는데, 앞서의 친구처럼 창문으로 들어온 게 아니라, 저의 안내로 오른쪽 문으로·해서 들어와 있는 것입니다.

그때 디에고가 벽시계가 붙어 있는 쪽의 뒷벽 창문으로 가서 들어온다. 그리고 관중석을 들여다보게 되어 있는 거울 앞으로 나와 넥타이를 고쳐매고 있다.

미시시피 디에고는 꼭 어떤 나라라고 규정할 수도, 규정될 수도 없는 어떤 나라의 법무부 장관직에 있습니다. 덧붙여 말씀드리고 싶은 점은, 디에고가 제 아내의 박애적인 노력에 마음속 깊이 관심을 갖고 있다는 사실입니다. 그 친구는 제 아내가 주관하는 죄수후생업체의 명예 회장이기도 하지요. 신사 숙녀 여러분! 이제 사정도 어지간히 아시게 되었으니, 시작해도 될 것 같군요. 장관은 담배에 불을 붙이고 있습니다. 그건 저와 얘기를 하고 싶다는 표시지요.

장 관 이제 그러니까 ······.

미시시피 잠깐만. (그도 역시 담배에 불을 붙인다)

장 관 이제 그러니까 자네의 결혼도······.

미시시피 (다시 관중을 향해서) 또 한 가지, 지금이 밤이라는 것을 잊어서는 안 되겠습니다. 음산한 11월의 밤입니다. 조명이 바뀌는군요. 환하게 빛나던 샹들리에가 꺼지고 금색 구름으로 덮입니다.

장 관 이제 그러니까 감옥의 천사와 자네가 결혼한 것도 벌써 5년이나 된 셈이군.

미시시피 아내가 도덕적인 면에서 그렇게 훌륭하게 내조를 해주어 난 정말 만족스럽기 한이 없다네.

장 관 자기 남편이 처형시킨 사람들을 위로하다니 그런 부인은 정말 드물어. 자네는 일에 대한 욕심도 대단하지. 얼마 전에 350번째의 사형선고를 관철시켰지?

미시시피 내 생애의 잇달은 승리일세. 그 숙모 살해범을 처형시키는 것은 쉬웠다고 하겠지만, 그 사건보다 더 큰 신망을 얻은 적은 없었어. 그러고 보니 나를 축하하러 온 게로군.

장 관 나는 법률가로서는 자네를 찬양하네만, 법무부 장관으로서는 자네와 거리를 둬야겠네.

미시시피 이거 놀랐는데.

장 관 결국 세계 정세가 좀 바뀐 거지. 나는 정치가일세. 자네처럼 인기를 잃을 짓은 할 수가 없는 사람이야.

미시시피 나는 대중 때문에 현혹당하지는 않지.

장 관 자네는 천재야. 판사들이 꼼짝 못하고 자네 손아귀에서 놀아나더군. 행정부까지도 누차 자네에게 관용을 보이라고 충고를 했지.

미시시피 정부에서는 그러는 내가 필요할걸.

장 관 전에는 그랬지. 이젠 형편이 달라졌어. 한때는 엄격한 형 집행 방침이 필요했었지. 정치 테러범을 처형함으로써 평온을 찾아야 했으니까. 그러나 지금은 약간 온건한 방법을 써서 야당을 눌러 이기는 것이 최상일세. 때로는 악을 두둔해서 극악한 자에게 자비를 베푸는 것, 어떤 국가도 그런 일을 하지 않을 수는 없는 걸세. 한때는 자네의 활약이 우리들을 구한 게 사실이야. 그러나 현시점에서는 그게 도리어 우리에게 위협이 되고 있어. 그런 것이 전 서방세계에서 우리를 우롱당하게 한단 말일세. 게다가 쓸데없이 극좌파를 자극시키지. 우리는 필요한 조치를 취해야겠네. 도대체 350건이나 사형을 관철시키며 공공연히 모세의 법을 다시 실시해야 한다고 주장하는 검사는 현시점에서는 해볼 도리 없이 딱한 존재인 거야. 사실 따져 보면 오늘날에도 모두들 약간씩은 보수적이야. 그 점은 인정해. 하지만 자네처럼 극단적으로 해서야 되겠나? 그럴 필요까지야 뭐 있어?

미시시피 정부가 결정한 건 뭔가?

장 관 수상께서는 자네의 사임을 원하시네.

미시시피 자네에게 그 얘기를 전하라던가?

장 관 어떻게 됐건 내가 온 건 그 때문이야.

미시시피 공무원법에 의하면, 공무원이 사기, 파렴치한 행위, 외국 세력이나 정변을 음모하는 정당과 관계를 맺는 경우를 제외하고는 공무원을 무단해고할 수 없게 되어 있다네.

장 관 사임을 거절하겠다는 건가?

미시시피 거절하네.

장 관 거절해도 국무회의는 그렇게 강요할 걸세.

미시시피 분명히 알아 두어야 할 걸세. 정부가 그렇게 나온다면, 정부는 지금 세계 제일의 법률가에게 싸움을 걸어오고 있는 격이라는걸.

장 관 자네로 봐서는 희망 없는 싸움이지. 자네는 이젠 세상에서 가장 미움받는 사나이가 되었네.

미시시피 자네들 역시 절망적이야. 이 정부는 나 때문에 이 세계에서 가장 미움받는 정부가 되지 않았나?

장 관 (잠시 사이를 두었다가) 그래도 우린 옥스퍼드에서 함께 공부하지 않았나?

미시시피 물론이지.

장 관 자네 같은 사람이, 게다가 상당한 가문 출신이면서, 어떻게 그렇게 목 베는 데 만족감을 갖는지 나로서는 통 알 수가 없네. 그래도 우리는 우리나라 최상류 계급이 아닌가? 그것만으로도 어느 정도는 신중할 의무가 있네.

미시시피 말 그대로일세.

장 관 그대로라니? 무슨 뜻인가?

미시시피 우리 어머니는 이탈리아 왕녀였고, 아버지는 미국의 대포왕(大砲王)이었네. 그렇잖은가? 자네 조부는 전쟁마다 승전만 하던 유명한 장군이었고, 부친은 식민지 총독으로 흑인반란의 제압자지. 우리 조상들은 무작정 사람 목을 베었네. 그런데 나는 죄지은 자의 목만을 요구하네. 그런데도 우리 조상들은 영웅이라 불러 주고 나보고는 형리라네. 나의 직업상의 성과가 만일 이 나라 상류 가문에 그릇된 빛을 던져 준다 해도 그것만으로도 이들 가문을 올바른 빛 속으로 끌어오는 것일세.

장 관 자넨 우리들의 덜미를 치는 건가?

미시시피 나는 다름 아닌 정의의 덜미를 잡고 있는 걸세.

장 관 나는 법무부 장관의 입장으로서 정의를 평가하는 데도 정치적 통용 여부를 우선 따져야 하네.

미시시피 정의는 변화시킬 수 없는 것일세.

장 관 이 세상의 모든 것은 변화시킬 수 있는 걸세. 플로레스탄. 인간만 빼고 말일세. 정치를 하자면 이 점을 우선 파악해야 하네. 정치는 조정이지 처형이 아닐세. 이상은 아름답더라도, 나는 가능한 것을 택하겠어. 더욱이 내가 지금 연설을 하는 것도 아니니, 이상 같은 건 빼놓고 얘기하겠어. 세상은 더럽지만 절망적은 아니야. 어떤 절대적인 척도로 세상을 볼 때만 세상은 절망적일 수 있는 거야. 정의는 고기를 써는 정육기(精肉機)가 아니라 타협일걸세.

미시시피 자네에게는 정의가, 뭐니 뭐니 해도 돈벌이겠지.

장 관 나는 자네 결혼식의 입회인이지만, 내일 국무회의에서는 자네에게 부(否)표를 던져야겠네. (그는 여송연을 재떨이에 내려놓는다)

미시시피 나는 더 이상 정부의 위탁을 이행할 게 없네.
장 관 나는 수상의 위임을 수행했고, 자네와의 얘기도 끝났으니 가봐야겠네.

그들은 오른쪽 문으로 퇴장한다.
방은 비어 있다.
왼쪽에서 생 클로드 등장.
연극이 시작될 때는 매끈히 면도를 하고 말끔한 차림새였으나 지금은 관중이 착각할 정도로 수염이 더부룩한데다가 암갈색 가죽 점퍼를 걸친 차림이다. 등장하면서 그는 아나스타샤의 손에 키스를 한다. 흰 나이트 가운 차림의 그녀는 사실 다른 사람으로 보일 수도 있게 그렇게 얼핏 나타났다가 사라진다. 이 의문은 우선 미해결로 놔두자. 생 클로드는 탁자로 가서 장관의 시가를 집어들고 냄새를 맡아보더니 계속해서 피운다. 뒷벽의 오른쪽 창으로 가서 창문을 열어 놓는다. 그러다가 벽감 속의 사랑의 여신상을 놀랍다는 듯 바라본다. 그런 연후에 딕자 앞으로 와 왼쪽 자리에 앉는다. 오른쪽에서 미시시피 되돌아온다.

생 클로드 여, 잘 있었나, 폴!

미시시피는 꼼짝 않고 무게에 서 있다.

미시시피 (천천히 정신을 수습하며) 자네!
생 클로드 그래, 나일세. 자네 성공했군그래. 플로레스탄 미시시피란 이름에다 검찰총장이라⋯⋯. 도하 각 신문은 자네의 업적 기사로 가득 찼더군. 옛 가구로 꾸민 저택에다 아름다운 아내를 두고⋯⋯. 참 출세했어. (그는 담배 연기로 동그라미를 만든다)
미시시피 그래 지금 자네 이름은 뭔가?

생 클로드 자네보다 더 멋지지. 프레드릭 르네 생 클로드라는 이름이 내 이름이야.

미시시피 자네도 형편이 나쁘진 않은 것 같군그래.

생 클로드 나 역시 성공일세. 소련 시민이 됐어. 소련군 대령에다, 루마니아의 명예시민, 폴란드의 국회의원이며, 게다가 또 공산당 정치국일세.

미시시피 여기는 어떻게 들어왔지?

생 클로드 창문으로.

미시시피 그러면 창문을 좀 닫아야겠네. (그는 뒷면 오른쪽으로 가서 창문을 닫는다) 나한테는 무슨 일로 왔나?

생 클로드 나처럼 외국에 오랫동안 있다 돌아온 사람은 우선 옛 친구를 찾는 법일세.

미시시피 보나마나 밀입국일 테지?

생 클로드 물론이지. 여기서 공산당을 새로 조직하라는 명령을 받았네.

미시시피 어떤 이름으로?

생 클로드 대중과 신앙과 조국을 위한 당이라는 슬로건으로 일세.

미시시피 나와는 상관 없는 이야기일세.

생 클로드 이봐, 폴! 자네는 그렇잖아도 슬슬 새 자리를 구해야 될 판이 아닌가?

미시시피 (천천히 탁자께로 다가오며) 무슨 소리지?

생 클로드 내 생각으로는 자네가 결국 수상의 요구를 받아들이는 도리밖에 없을 것 같네.

미시시피 (서서히 테이블 오른쪽으로 가서 생 클로드와 마주 앉는다) 장관과 얘기하는 걸 엿들었군?

생 클로드 (놀라서) 뭐라고? 나는 그저 내무부 장관에게 뇌물을 좀 먹였을 뿐이야.

미시시피 소련 시민이 나라는 인간에게 관심을 갖다니 좀 불쾌한데?

생 클로드 자네가 국제적으로 어찌나 악명이 높던지, 우리까지도 자네에게 흥미를 느끼지 않을 수 없게 되었네. 실은 자네에게 흥정을 하러 왔어.

미시시피 또 무슨 일을 함께 할 게 있을까 모르겠네.

생 클로드 이 나라의 공산당도 언젠가는 결국 우두머리가 필요할 게 아닌가? 그래서 생각해 낸 것이 자넬세.

미시시피 그거 참 굉장한 제안이군.

생 클로드 그런 자리를 해 나가는 덴 350명이나 사형을 관철시켰다는 것보다 더 좋은 추천장은 없을 걸세.

미시시피는 일어나서 오른쪽 창문으로 가서 관객에게 등을 돌린 채 서 있다.

미시시피 만일 내가 거절한다면?

생 클로드 그러면 자네의 약점을 거머쥐는 수밖에 없지.

미시시피 내게 약점이라곤 없네. 내 의도의 윤리적 진지성에 대해서 의심하는 사람은 하나도 없어.

생 클로드 무슨 정신 나간 소린가? 누구에게나 치명적인 약

점은 있게 마련이야. 자네의 약점은 자네가 이 사회에
해를 끼치는 데 있는 게 아니라, 바로 자네 자신에게 있
는 거야. 자네는 이 세상 모두에 절대적 윤리라는 척도
를 적용하네만, 그것은 세상이 자네를 윤리적이라고 받
아들일 때만 가능한 걸세. 자네 덕성의 후광만 파괴할
수 있다면 자네의 영향력은 한 주먹에 무너지지.

미시시피 나한테 그런 공격은 소용 없어.

생 클로드 자네, 정말로 그렇게 생각하나?

미시시피 나는 정의의 길을 걸어왔으니까.

생 클로드 일어선다.

생 클로드 (조용하게) 자네는 내가 다시 돌아왔다는 사실을
잊고 있군.

미시시피 돌아선 채 침묵을 지킨다.

미시시피 (질려서) 자네가 옳네. 내 평생에 자네를 또 만나
리라곤 생각하지 않았어.

생 클로드 유감스럽지만, 우리들의 재회는 피할 수 없었어.
자네가 그렇게 출세할 수 있었던 것은 어떻든 사형선고
하나 때문은 아니잖은가? 플로레스탄 미시시피란 이름
에다 이탈리아 왕가 출신, 게다가 옥스퍼드 유학생으로
해서 자네는 태양처럼 세상에 등장했거든. 그 빛에 눈
이 부셔서 세상은 자네의 신원조사조차 해보지 않았네.

미시시피 (다급하게) 루이!

생 클로드 바로 그걸세, 폴. 자네가 나왔던 그 암흑 속을 생각해 보게!

미시시피 이제 그런 것은 생각하고 싶지도 않아.

생 클로드 그럴수록 그 암흑은 더욱더 자네에게 달라붙을 수 있는 게 아니겠나?

미시시피 짐승 같은 놈!

생 클로드 자네가 다시 우리한테 어울리는 말을 찾아 쓰니 반갑네. 우린 우리 핏줄을 잊지 마세. 우리가 나온 사회는 동전 다섯 닢도 안 되는 돈을 들여 우릴 만들었고, 우리가 세상에 나올 때 하수는 빨갰어. 쥐새끼들이 우리에게 인생이 뭐라는 것을 가르쳐 주었고, 개숫물로 살을 씻었네. 그리고 우리는 우리들 몸 위를 기어다니는 이들로부터 시간의 흐름을 배웠지.

미시시피 그만둬!

생 클로드 그렇게 하지. 다시 자네의 루이 14세식 의자에 앉아보세.

그는 앉는다. 미시시피도 탁자께로 온다.

미시시피 13년 전에 헤어지면서 자네는 나와 다시 만나지 않기로 약속을 했지 않나?

생 클로드 (연기를 내뿜으며) 그랬지.

미시시피 그러니 가주게.

생 클로드 못 가겠는걸.

미시시피 약속을 어기려는가?

생 클로드　물론일세. 명예를 걸고, 약속을 지키는 따위는 우리와 같은 출신에겐 어울리지 않는 걸세. 도대체 우리가 뭐란 말인가? 폴, 우리는 몸을 감싸 줄 누더기도 훔쳐 입었고, 배를 채우기 위해서라면 곰팡이 낀 빵이라도 사 먹으려고 더러운 동전도 슬쩍 했지. 그 후에는 살찐 부르주아의 손에 순결한 제물로 우리 몸을 팔아야 했고, 그들의 환락은 우리의 몸 위에서 하늘에다 대고 고양이처럼 음산한 소리를 질러댔지. 비록 엉덩이는 욕을 봤지만, 뼈빠지게 번 돈으로 우린 사창가의 경영을 맡게 되었었어. 자랑스러운 경영주 아니었나? 나는 지배인으로, 자네는 현관지기로.

미시시피는 천천히 자리에 앉는다.

미시시피　(불쾌해서) 우리는 살아야만 했으니까.

생 클로드　무엇 때문에? 우리가 그때 아무 데나 눈에 띄는 가로등에 목을 매달았다 해도 서러워할 사람은 하나도 없었을 텐데.

미시시피　우연하게 축축한 창고 구석에서 반쯤 곰팡이가 덮인 성경책이 한 권 내 손에 들어왔지. 나는 밤마다 구석에서 꽁꽁 언 채 가스등 불빛 밑에서 읽기를 배웠지. 그렇지 않았더라면 내가 어떻게 그 몸서리 치는 고난을 참아냈겠나? 우리들의 암흑을 뚫고 불바다처럼 전개되는 법(法)의 환상이 나를 휩쓸지 않았더라면 내가 하루인들 더 살았겠나? 그 순간부터 내가 당하는 어떤 심한 굴욕도, 범죄도 모두 옥스퍼드로 가서 공부를 해가지고 검사가 되어서 모세의 법을 다시 지상에 실시하고야 말겠다는 목적, 오직 그 하나로 뭉쳐졌지. 인류가 다시 한번 전진하기 위해서는 3천 년을 후퇴해야 한다는 신념에서.

생 클로드 (거칠게) 나에게는 그런 환상이 없었던 말인가? 굶주림과 술과 범죄로 악취를 풍기는 이 세상을, 부자들의 노래와 착취당한 자들의 신음소리가 뒤범벅이 된 이 지옥을, 어떻게 좀 개혁해 볼 수 없을까 하는 환상이 말이야. 그래 말해 보게. 내겐 피살된 어떤 펨프의 주머니에서 마르크스의 《자본론》을 발견한 적도 없고, 언젠가는 세계혁명을 선언하기 위해 무섭고 강요된 생활을 지속해 본 적도 없단 말인가? 우리는 이 시대의 마지막으로 위대한 두 도덕가인 걸세. 둘 다 몸을 감추었어. 자네는 형리라는 가면 속으로, 나는 소련 스파이라는 탈 속으로.

미시시피 내 어깨에서 손을 내리게.

생 클로드 미안하네.

미시시피 자넨 나를 협박하러 왔나?

생 클로드 자네가 분별 없이 군다면.

미시시피 나는 10년 동안이나 자네 창가(娼家)에서 비참한 일을 했어. 그 대가로 자네는 나를 공부시켜 주었지. 피차에 빚은 없네.

생 클로드 이 세상에는 돈으로 갚을 수 없는 뭔가가 있지. 인생 말일세. 선택은 자네가 했지만, 그걸 준 것은 나였어. 나는 자네에게 짐승에서 인간이 되는 지름길을 가르쳐 주었네. 자네는 그 길을 따라서 갔을 뿐이지. 이제는 내가 요구할 차례야. 자네를 하수구에서 꺼내 준 게 허사는 아니었어. 게다가 지금은 공산주의가 존속하느냐 아주 사라지느냐 하는 마당이야. 이용하지 않고 그냥 내버려 두기엔 자네는 너무나 아까운 천재야.

미시시피 나는 서방측에 대해서나 공산측에 대해서나 마찬가지로 열렬히 대항하여 싸우고 있네.

생 클로드 우선 하나를 쳐부수고 그 다음 다른 것을 쳐야지. 둘을 한꺼번에 공격한다는 것은 우둔한 바보 짓이야. 우리들의 동감이 문제가 아니라, 현실이 문제일세. 공산주의를 위해서는 전혀 적당치도 않은 러시아가 바로 그것을 택했다는 것 자체가 우리 세계사의 큰 불행일세. 우리는 이 재난을 극복해야만 되는 것이라네.

미시시피 자네는 물론 그런 이론을 공공연히 대변하려는 것은 아니겠지?

생 클로드 어떻든, 나는 모로토프의 집을 드나들고 있지 않나? 자살 행위를 할 것이 아니라 세계혁명을 실현시켜야 하네. 공산주의는 인간을 억압하지 않고 어떻게 인간이 지상을 지배할까 하는 이론일세. 내 젊은 시절의 크리스마스 날 밤에 이해한 공산주의는 그런 것이었어.

그러나 권력 없이는 이 이론을 실현시킬 수가 없어. 권력이란 우리의 행진을 가능케 하는 장기짝이지. 우리는 우리가 원하는 상태를 알려야 하고, 또 하고자 하는 바도 알아야 하네. 그것이 가장 어려운 문제지. 세계는 전체로 봐서 완전히 비윤리적이 되었네. 하나는 장사에, 다른 편은 권력에 겁을 내고 있네. 혁명은 쌍방이 모두 반대하는 걸세. 서방측에선 자유가, 공산측에선 정의가 농락을 받고 있네. 서방에서는 기독교가, 공산측에서는 공산주의가 익살극이 되어 버렸어. 올바른 혁명을 일으키기에는 지금의 세계 정세가 가장 이상적일세. 그런데 이성은 공산측에 가담하도록 가르쳐 주네. 서방이 몰락하기 위해서는 러시아가 승리해야 하고, 러시아가 승리하는 그 순간에 공산주의의 이름으로 모두는 다시 소련에 반기를 드는 거라네.

미시시피 꿈을 꾸고 있군.

생 클로드 꿈이 아니라 개선이지.

미시시피 법만이 세계를 개조할 수 있는 거라네.

생 클로드 보게. 우리는 축축한 창고 천장 아래의 젊은 시절로 되돌아와 있다구. 법이라! 법률문제만 나오면 우린 밤마다 피투성이가 되도록 치고 받았지. 죽도록 지쳐서 엎치락뒤치락 하다 보면 벌써 아침이 되곤 했어. 우리는 둘 다 정의를 바랬네. 그러나 자네가 바란 것은 천국의 정의요, 내가 바란 것은 지상의 정의였어. 자네는 가상적인 영혼을 구하려 했고, 나는 생생한 육신을 구하려 했단 말일세.

미시시피 신 없는 정의란 있을 수 없어.

생 클로드 인간을 도울 수 있는 것은 인간뿐이네. 그런데 자네는 다른 패짝을 골랐어. 신(神)이란 걸 말일세. 그래서 자네는 지상을 포기해야만 했어. 자네가 신을 택했기 때문에 선(善)은 신에게만 있는 것이 되었고, 인간은 항상 나쁜 것이 되어 버렸네. 자네한테 있어선 말이야. 자넨 무얼 망설이는 거야? 인간이 신의 법을 실현시킬 수는 없어. 인간은 스스로 법을 창조해야 해. 우리는 둘 다 피를 보아 왔어. 자네는 350명이나 되는 죄인을 살해했고, 나는 내 희생자들을 세어 보지도 않았네. 우리의 행위는 살인이었어. 그러나 우리는 그 살인을 의미 있게 만들 수밖에 없지 않나. 자네는 신의 이름으로 행동했고, 나는 공산주의의 이름으로 행동했어. 자네보다는 내 쪽이 그래도 좋아. 나는 현세에서 무언가를 바란 것이고, 자네는 영원 속에서 무언가를 바란 것이었으니 말이야. 세계는 죄악에서가 아니라 굶주림과 압제에서 구원받아야 하고, 세계는 천국에서 희망할 게 아니라 지상에서 바라야 하거든. 공산주의는 현대적인 형태의 법일세. 나는 이미 수술을 시작하고 있는데, 자네는 아직도 인류를 희생시키고 있겠다는 건가? 나는 과학자가 되었는데 자네는 여전히 신학자인가? 던져 버

리게, 자네의 신을. 그러면 인간성을 되찾게 되네. 우리
들의 젊은 시절의 그 취한 듯싶던 그 꿈을 찾게 된단 말
일세.

미시시피   나는 신(神)을 불 속에 던질 순 없어. 신 자신이
이미 불이니까.

    침묵.

생 클로드   우리에게 가담하지 않겠나?

미시시피   못하겠네.

생 클로드   아까도 말했지만, 우리는 자네의 머리가 필요해.

미시시피   두 가지 필요에서겠지.

생 클로드   이제는 한 가지로 되었네. 나는 자네의 머리를 처
음엔 도구로 쓰려고 했지만, 이제는 희생물로 써야겠어.
서류를 위조해서 이탈리아 왕가의 핏줄로 만들어 준 것
도 나였고, 자네의 학비도 내 갈보 집에서 나왔었어.

미시시피   그래 어떻게 하려나?

생 클로드   자네가 우리를 위해 할 수 있었던 역을 거절하니
이제는 자네를 있는 그대로 쓸 수밖에 없네. 형리로서
말일세. 대중을 선동해야 되겠군. 자네가 동조하지 않으
니, 나는 이것이 우리가 할 수 있는 일 중에 가장 우둔
한 일이라고 생각하네만, 별 수 없네. 명령은 하달이 되
어 있는 것이니까. 대중을 유혹해서 투쟁을 시키겠어.
350명이나 사형을 관철시킨 자에 대한 투쟁을. 그 중엔
21명의 공산주의자들도 끼어 있지.

미시시피 야비한 살인업자들이었어!

생 클로드 노동조합은 정부에 대해 자네의 해임을 요구하고, 거절할 경우 총파업을 선언할 걸세.

미시시피 (천천히) 나로서야 자네를 막을 도리가 없겠지.

생 클로드 자네는 나를 막을 수가 없고, 나는 자네를 변화시킬 수가 없군. (창을 열고) 잘 있게. 다시 자네 앞에서 사라지네. 우리는 어두운 밤에나 서로 찾아 외쳐대는 형제였나 보네. 기회는 한 번뿐이었는데 때가 좋지 않았어. 모든 것이 갖춰진 것이었잖나? 자네는 두뇌를, 나는 힘을, 자네는 공포를, 나는 인기를. 그리고 우리의 출신 성분은 또 얼마나 좋았어? 정말로 세계사에 남을 짝이 되었을 텐데.

그는 창문으로 기어오른다. 밖에서는 국제노동연맹의 노래 소리가 들려온다.

미시시피 루이!

생 클로드 자네 저 노래 소리가 들리나? 저 도취한 듯한 부르짖음 소리가? 모든 사람들의 무관심 때문에 절망하여 저들과 형제가 되고자 애쓰던 어린 시절. 그대의 캄캄한 길에서 내 동반자였던 자네! 내 젊은 시절의 친구! 오돌오돌 떨던 들개 같은 친구! 저 노래 소리가 들리나? 여기서만이 아직 사람들은 저 노래 가사를 믿네. 여기서만이 공산주의를 가공할 허구로서가 아니라 현실로 이룩할 수가 있네. 여기서만이. 오로지 여기서만이.

그런데 그 사이에 뭐가 끼여들었단 말인가? 신? 쓰레기 더미에서 끌어내온 신! 이 무슨 희극인가! 정신병원으로나 가게, 폴!

생 클로드 사라진다. 정적. 왼쪽에서 아나스타샤, 흰 나이트가운 차림으로 등장한다.

아나스타샤 아직도 안 주무세요?
미시시피 밤중이오. 자러 갈 때가 되었지. 여보, 내일은 성 요한젠 여죄수 형무소에서 할 일을 생각해야지.
아나스타샤 (주위를 둘러보며) 누가 여기 오지 않았었나요?
미시시피 나 혼자였어.
아나스타샤 얘기 소리가 들리는 것 같았는데요.

미시시피는 오른쪽 창으로 가서 창문을 닫는다. 다시 방 가운데로 돌아온다.

미시시피 추억과 얘기를 좀 나눴지.

왼쪽 창으로 돌이 날아든다. 밖에는 고함 소리.

고함 소리 학살자! 대량 학살자!
아나스타샤 자갈돌이!
미시시피 마음을 단단히 먹으시오. 앞으로 더할 테니.
아나스타샤 플로레스탄!
미시시피 나에게는 이제 당신뿐이오. 여보, 전 인류를 향해 들이댈 방패는 오직 감옥의 천사, 당신 하나뿐이오.

막이 내리고,

위벨로에가 막 앞으로 걸어나온다.
객석에 불이 켜진다.

제 3 막

위벨로에 신사 숙녀 여러분! 불이 켜졌지만 아직은 휴게실로 가지 마시고 저의 등장을 잠깐만 보아 주십시오. 이 복잡하게 뒤얽힌 언저리에서도 저의 등장은 꽤 중요한 의미를 가지는 것이니까요. 생 클로드의 등장이 검사의 과거를 밝혀 준 것처럼, 저는 아나스타샤의 과거를 설명해 드리려고 나온 겁니다. 여러분들은 저를 기억하고 계실 겁니다. 벌써 두 번이나 제가 사이프러스나무와 사과나무를 따라서 둥둥 떠서 지나가는 것을 보셨을 테니까요. 저는 보도 폰 위벨로에 차베른체 백작이올시다. 전락했지요. 틀림없습니다. 보시다시피 술에 취했구요. 저는 또 연극의 진행 역시 중단시키고 있습니다. 그것 역시 인정합니다. 그러나 등장하지 않을 수도 없었고, 좀더 나은 꼴로 등장할 수도 없었습니다. 제 등장은 우스꽝스럽지요. 우스꽝스러운 정도를 넘어서 제가 다시 나타나는 것을 본다는 것조차 괴로운 노릇입니다. 물론 시간도 맞지 않고, 저는 마치 제 자신처럼, 저의 기괴한 인생처럼, 불시에 등장하고 말았지 뭡니까? 전 어쩔 수 없는 놈입니다. 여러분들도 아시게 될 겁니다. 그러나 신사 숙녀 여러분! 여러분은 관객으로서, 저는 배우로서, 작가의 혼자 생각으로 꾸며지는 이 사건 전개, 여기이 심각한 장면에 있어서 대체 작가는 어떤 태도로 임하고 있는 것인가에 대한 의문이 생기는군요. 단순히 착상에서 착상으로 전전하다 보니 이렇게 되는 것인지, 아니면 어떤 숨겨진 계획이 있어서 이런 식으로 이끌어 가지는지에 대한 의문 말입니다. 물론 저로서는 작가가 우연한 사랑놀이에 경솔하게 저를 만들어 집어 넣은 것은 아니리라고 믿고 싶습니다. 그보다는 어떤 특수한 이념을 정말로 진지하게 받아들여서, 과감한 정열과 미칠 듯한 열기와 지칠 줄 모르는 욕구를 갖고 이 이념을 완전하게 실현시켜 보려는 인간과 그 이념이 맞부딪쳤을 때, 대체 그 결과가 어떻게 될까 하는 것을 탐구해 보자는 게 작가의 의도라고 믿고 싶습니다. 저는 이 점을 확신합니다. 아무런 이념도 없이 그저 존재할 뿐인 세계를, 어떤 정신이 무슨 형태로든 개조할 수 있는지, 아니면 소재로서의 세계는 전혀 개조시킬 수 없는 것인지, 이런 의문이 호기심 많은 작자에게 떠올랐던 거라고 믿고 싶습니다. 혹은 어느 날 밤 멍하니 앉아 있을 때 떠올랐던 어떤 의혹을 한 번 규명해 볼 생각이 났을 수도 있다는 것, 이것 역시 믿고 싶습니다. 그렇지만 신사 숙녀 여러분, 작가가 우리를 만들어 놓은 채, 더 이상 우리들의 운명에 관여치 않았다는 점은 통탄할 일인 것입니다. 이 보도 폰 위벨로에 백작도 그렇게 해서 만들어졌고, 작가가 가장 정열을 바쳐서 사랑한 유일한 인물인데, 그것은 이 극 중에서 저 혼자만이 사랑이라는 모험을 떠맡았으니 당연한 사실이죠. 이 숭고한 모험을 이기든가, 여기서 쓰러지든가 하는 것은 가장 위대한 인간의 존엄을 뜻하는 것이니까요. 그러나 바로 이 때문에 작가는 정말 우스꽝스러운 생의 저주로 나를 괴롭혀 왔고, 그래서 나에게는 베아트리체도 프로에차도, 위대한 위인을 더욱 영광스럽게 해주던 기독교의 그 어떤 여인도 아닌, 오직 아나스타샤만을 주었을 뿐입니다. 천국을 본뜬 것도 아니고, 지옥을 본뜬 것도 아닌, 오직 이 세상만을 본떠 만든 이 여인을 말입니다. 아무짝에도 쓸모 없는 희극이나 끔찍스러운 얘기의 애호가, 나를 창조한 이 설교가, 타락한 이 환상가는 저의 알맹이를 맛보기 위해서 저를 깨뜨렸습니다. 너무나 가공할 호기심이지요. 그는 저를 자기에게는 전혀 쓸모없는 성인(聖人)으로 만든 것이 아니라, 바로 자기 자신과 똑같이 만들기 위해 그처럼 나의 품위를 손상시킨 것입니다. 승리자로서가 아니라, 인간이 언제나 처하게 되는 패배자로서, 자기 희극의 도가니 속으로 저를 던져 넣었습니다. 비극의 희망이기도 한 저를, 한정된 피조계(被造界)에서 오직 신(神)의 자비만이 무한하다는 것을 보이기 위한 단 한 가지 이유에서 말입니다. 어쨌든 다시 막을 올려 봅시다.

막이 올라간다. 컬러의 그림이 가득 그려진 판이 무대 중앙을 덮는다. 판대기 뒤에서 아나스타샤와 키스하는 장관의 다리가 보인다. 위벨로에의 장 바닥에서 떠드는 것 같은 장광설이 계속된다.

위벨로에 위에서부터 내려와 무대 중앙을 덮어 버린 이 화판에서 우리는 그 다음날과 밤에 무슨 일이 생겼는지를 봅시다. 우리는 시간을 건너뛰었습니다. 여러분 쪽에서 봐서 왼쪽 위편에서는 한 행상인이 '갈보집 수위로서의 검사'라는 호외를 돌리고 있고, 오른쪽에서는 총리가 새파랗게 질려 있습니다. 가운데는 노동조합에서 연설하는 생 클로드의 모습, 왼쪽 아래에는 플래카드를 들고 미친 듯 날뛰는 군중들, 그 플래카드엔 '350명을 대량 학살한 자를 죽여라'라고 씌어 있는 것을 여러분도 읽을 수 있을 겁니다. 오른쪽에는 밤 장면으로 검사의 저택을 지키는 경찰관들, 집으로 날아드는 돌멩이로 총총한 하늘, 이것은 붉은 양탄자 위에 핀 꽃 같습니다. 지금은 이것들을 그림으로밖에는 볼 수 없지만, 캔버스가 올라가면 이미 우리가 알고 있는 방이 이 불길한 사태에 알맞게 변해 있는 것을 보게 될 겁니다. 세기말 양식의 거울은 깨어졌고, 사랑의 여신상은 머리가 달아났습니다. 어느 쪽인가 전면(前面)에는 벌써 벽돌담이 무너졌습니다. 조각 조각 난 유리, 창문은 닫혀 있고, 11월의 아침녘, 닫힌 창 틈 사이로 햇빛 줄기가 비스듬히 들어옵니다. 시간은 10시군요. 저는 오른쪽의 현관으로 나갑니다. 거기서 막 하녀에게 들여보내 달라고 졸라댑니다. 그리고 이젠 파란 안경도 씁니다.

위벨로에는 안경을 쓰려다가 떨어뜨린다. 집으려고 몸을 굽히다가 아나스타샤와 장관의 다리를 본다. 그는 새파랗게 질려 일어난다.

위벨로에 여러분께서는 아나스타샤가, 나에게는 괴로운 일이지만, 여러분께는 놀라운 장면이 있는 것을 보셨습니다. 저것이 제가 사랑하는 여잡니다. 겨우 서른세 시간 전에 우리가 떠났던, 그 똑같은 장소에서 절대로 사랑해선 안 될 사나이에게 안겨 있습니다.

위벨로에는 오른쪽으로 나간다. 화판은 흔들거리며 올라가고, 그 뒤에선 아나스타샤와 그녀에게 키스하는 장관의 머리까지 거의 보인다. 왼쪽에서 미시시피가 나오고, 화판은 다시 내려온다.

미시시피 이 더러운 화판이 아주 올라가서 여러분에게 기막힌 장면을 보여 드리기 전에, 이 장면은 사실 이 극중에서 단 한 번 있는 음탕한 장면이지만, 만일 그것이 그렇지 않다면 제 날카로운 관찰력이 오래 전에 전부 알아차렸을 테니까요. 그러니 그것을 보여 드리기 전에 다음 장면을 얘기해 드리고자 합니다.

화판 뒤에서 장관이 오른쪽으로 나간다. 다리의 동작만이 보인다. 그러자 화판이 다시 올라가고 손에 신문을 들고 있는 아나스타샤가 꼼짝 않고 앉아 있다.

미시시피 오늘 아침 일찌감치였습니다. 저는 밤새도록 일을 했습니다. 이번엔 어떤 포주놈에게 사형선고를 내리려던 것이었지요. 한데 난처한 일이었습니다. 밖에서는 미친 듯 날뛰는 군중, 거실에는 공포에 떠는 아내, 이런 형편이었지요. 저는 거실로 나와서 '감옥의 천사'를 살펴 보았습니다. 그녀는 신문을 들고 있더군요. 난 신문에 난 것이 사실이라고 말했지요. 당신은 내가 미국의 강철왕과 이탈리아 왕녀의 사생아인 줄 알아 왔소. 그러나 부인, 그런 생각은 걷어치우시오. 나는 그런 출신이 아니라, 어떤 창녀의 자식이오. 어머니의 이름도, 아버지의 이름도 모르고 있소라고.

아나스타샤 (관객을 향해) 저는 잠시 생각하다가 그이의 앞으로 나가서 엄숙하게 무릎을 꿇었습니다. (그녀는 무릎을 꿇어 보인다)

미시시피 (관객에게) 나는 감격해서 말했습니다. 여보, 당신은 나를 경멸하지 않겠소?

아나스타샤 (관객에게) 그러길래 저는 그이의 손에 입을 맞춰 주었습니다. (그녀는 그의 손에 입을 맞춘다)

미시시피 (관객에게) 나는 나지막이 말했습니다. 여보, 우리의 결혼은 성공이오. 우리는 참회를 한 거요. 어쩌면 오늘 저녁에 이미 모세의 법을 다시 실시해 보려던 나의 노력이 무너질지도 모르오. 간밤의 소란을 들었지요? 이 방에 날아온 비열한 돌들, 깨어진 거울, 부서진 사랑의 여신상, 이런 것들이 몇 권의 책이라도 될 만큼 많은 얘기를 해주는구려. 잃어버린 꿈의 책이오. 당신은 사랑 때문에, 나는 윤리적인 이유로 거절했던 우리의 독살을 이제는 주저할 것 없이 만인 앞에 고백하고 순교자로서 함께 죽어갑시다. 나는 벌써 각오가 되어 있소, 여보.

아나스타샤 (관객에게) 그래서 저는 그 말을 듣고 엄숙하게 그의 이마에 입을 맞춰 주었습니다. (그녀는 그렇게 한다)

화판이 다시 내려오고, 장관의 다리가 나타난다. 그의 다리는 오른쪽에서 나와 아나스타샤에게로 간다.

미시시피 이제 이것이 먼저의 그 장면입니다. 그녀는 저를 감동시켰습니다. 여러분도 같이 감동하셨을 겁니다. 법원 주위엔 이때쯤 미친 듯한 군중이 저를 기다리고 있습니다. 그래서 저는 건물 뒤쪽의 나선형 비상계단으로 빠져 나갑니다만, 다 내려와서 들키지요. 그래서 휴게실로 쫓기고, 정의의 여신상 아래서 뭇매를 맞아 피투성이가 되어 쓰러집니다. 이 모든 일이 실제로 일어나고 있는 일입니다. 저는 그렇게 쓰러지면서까지, 이 비상한 여인의 입술, 제 모욕받은 이마 위에 시들지 않고 피가 있는 월계수 같은 그 입술의 감촉만을 언제까지라도 느끼게 하겠다고 다짐을 합니다. 그때 집에서는 저 지경의 일이 벌어지고 있는 것도 모르고서요.

미시시피는 왼쪽으로 퇴장한다. 화판이 올라간다. 아나스타샤와 장관은 우리가 이미 알고 있듯이 대담하게 포옹을 하고 있다. 방은 위벨로에가 설명한 대로이고, 밖에서는 국제노동연맹원들의 요란한 구호 소리가 왁자하게 들려 온다.

아나스타샤 밤새도록 사람들이 집에다 돌을 던지고 노래를 불러댔어요.
장 관 그렇더라도 그렇지. 나를 전화로 불러내다니, 그건 너무 대담하지 않나?
아나스타샤 놀라서 정신이 없었는걸요.
장 관 세계가 부서지는 판에 키스라? 멋진걸.
아나스타샤 저를 저 사람들로부터 해방시켜 주세요. 언제든지 키스해 드릴게요. 언제까지나 늘……
장 관 당신은 이젠 언제나 나에게 키스를 해야지. 갈보집의 문지기는 이제 끝장이니까.
아나스타샤 총파업은 당신과도 관련이 될 거예요.

실크 해트와 외투를 입은 장관은 이제 옷을 벗기 시작한다. 실크 해트는 사랑의 여신상 위에, 외투는 탁자 위에 던진다. 등등.

장 관 저들도 내 권력에는 손댈 수 없어. 그건 인간의 정열 위에 세워진 것이 아니라, 인간의 피로 위에 세워진 거니까. 변혁에 대한 동경도 크지만, 질서에 대한 동경은 항상 더 큰 법이거든. 이 동경이 내게 권력을 준 거요. 조직체의 기능은 파악되기 쉬운 거야. 수상은 이제 물러가야만 하게 되어 있어요. 외무부 장관은 한 시간이나 있어야 워싱턴에서 돌아올 거고. 그러면 때는 이미 늦은 거지. 단 몇 초만 잘 이용하여 정부의 유일한 대변인이 되면 의회는 나를 수상으로 불러 낼걸.
아나스타샤 저의 남편을 군중들에게 넘겨 줄 거예요?

장 관 그가 죽기를 바라나?

아나스타샤 그래요.

장 관 당신은 짐승이야. 그러나 나는 짐승을 사랑하지. 당신에게는 계획이라는 게 없어. 언제나 순간에서 살 뿐이야. 남편을 배반했듯이 당신은 나와 그 외의 사람들을 배반하겠지. 언제나 당신에게는 현존(現存)하는 것이 과거에 있었던 것보다 강하고, 미래에 올 것이 현재의 것에 승리할 뿐이야. 당신에게 의지하는 자는 아무도 당신을 못 잡을 거요. 내가 당신을 사랑하듯, 그렇게 당신을 사랑하는 자만이 언제나 당신을 소유하게 되지. 나는 당신의 남편을 거리에 내주진 않겠소. 그 대신 나는 당신의 증오보다도 더 무서운 것으로 그를 해치우겠어. 나는 바보들만 보내는 곳으로 그를 보내겠어.

아나스타샤 (자기의 계획이 이루어지자) 이제는 가세요. 당신은 이젠 의회로 가야 해요.

장 관 죄수와 산수들이 엿보고 있는 감옥에서만 당신을 만나다니 참을 수 없는 일이었어. 단 한 번만이라도 여기서 단둘이 있어 봅시다.

오른쪽에서 위벨로에가 뛰어 들어온다.

위벨로에 (천둥같이 큰 소리로) 내 애인을 볼 수 있게 해 주십시오, 부인!

아나스타샤는 벼락이라도 맞은 듯한 표정이 되고, 구석에서는 하녀가 경황없이 나타난다.

장 관 (깜짝 놀라 아나스타샤를 놓으며) 무슨 일이 있어도 내가 여기 있는 꼴을 남에게 보여서는 안 되지!

> 그는 왼쪽 방으로 잽싸게 피한다. 위벨로에는 아나스타샤에게로 가서 그녀의 손에 키스한다.

위벨로에 더러운 옷을 입은 주제에 무작정 집 안으로 뛰어든 무례함을 제발 용서해 주십시오, 부인. 그러나 이것은 옛날의 귀족, 이제는 완전히 파멸한 한 인간의 유일한 희망이고, 이 불쌍한 인간에게 베풀어주실 수 있는 부인의 마지막 자비입니다. 제 이름은······.

아나스타샤 (소리 친다) 보도!

위벨로에 (한 순간 치를 떨다가 그도 소리 친다.) 아나스타샤!

> 그는 비틀거리더니 백지장같이 질려 가지고 오른쪽 의자 위에 주저앉는다.

위벨로에 블랙 커피를 좀······.

아나스타샤 (하녀에게) 커피를 가져와.

하 녀 (오른쪽으로 나가며) 맙소사, 백작님이.

위벨로에 (여전히 하얗게 질린 채) 용서해, 아나스타샤. 금세 당신을 알아보지 못했어. 열대지방에서 지독한 근시가 된 탓이야.

아나스타샤 어머나, 시력을. 안됐군요.

위벨로에 아, 제발! (일어서며) 당신은 자유로워?

아나스타샤 자유로워요.

위벨로에 사면(赦免)을 받은 건가?

아나스타샤 전 감옥에 간 일도 없었어요.

위벨로에 5년 전에 단 것을 잘 먹는 당신 개를 위해 각설탕 모양의 독약을 주었는데, 당신은 그것으로 남편을 죽였잖아?

아나스타샤 그래도 전 체포되지도 않았어요.

위벨로에 (멍하니 그녀의 얼굴을 바라보며) 나는 그 때문에 대륙을 떠나 보르네오의 깊은 정글에다 원시림 병원을 세웠었소.

아나스타샤 당신이 도망간 것은 쓸데없는 짓이었어요.

위벨로에 그렇다면 내 의사 면허는 취소된 게 아니었나?

아나스타샤 당신에게는 아무 조처도 내려지지 않았어요.

위벨로에 (힘 없는 목소리로) 지금 곧 커피를 가져오지 않으면 정신을 잃을 것 같아.

아나스타샤 (의아해하며) 검사를 만나려는 거예요?

위벨로에 나는 죽기 전에 당신을 한 번만이라도 더 보고 싶어서 타는 듯한 열대지방에서 낡은 증기선을 타고 이 도시로 왔소. 난 당신이 종신형이라도 받은 줄 알았지. 이 집에 온 것은 감옥으로 당신을 면회하기 위한 허락을 받으려는 거였어.

그는 아나스타샤를 뚫어지게 보려 한다. 그러나 보고 있는 것은 부서진 사랑의 여신상이다. 다행히 아나스타샤는 이미 장관의 실크 해트를 치워 놓은 후였다.

아나스타샤 (근심스럽게) 보도!

위벨로에 미시시피의 문패가 이상스럽다 하는 생각이 들긴 들었어. 정원이니 집 입구, 현관의 피카소의 그림 등 전부가. 그렇지만 심한 근시안에, 바타비아에서 황열병을 앓은 후로 생긴 환각 때문에 내가 착각했을 수도 있고, 내 오관을 더 이상 믿을 수 없다는 것을 나도 잘 알거든. 열대병이란 열대병은 전부 앓아야만 했으니까. 콜레라 때문에 기억력은 흐려지고 말라리아를 앓고는 방향감각이 흐려졌어. 그런데 하녀가 나오는데 루크레치아였어. 더 이상 의심의 여지가 없었는데도, 5년 동안이면 물론 많은 것이 변할 수도 있겠지 했지. 하녀가 미시시피 집으로 자리를 옮길 수도 있는 일이니까. 그애도 나를 못 알아보더군. 보르네오 남부에서 악질을 앓은 후로 파란색 안경을 쓴 때문이었나봐. 두 번이나 내쫓겼지. 그래도 억지로 밀치고 들어와 버렸어. 이 방으로 들어와선 인사말을 하고 몸을 굽히고서 가까이 다가가 어떤 손에 입을 맞추었지. 그러고 보니 내가 당신 앞에 서 있지 않아?

아나스타샤 그래요. 당신이 내 앞에 서 있었어요.

그는 어쩔 줄을 몰라 하면서 그녀를 쳐다본다.

위벨로에 아나스타샤. 열대지방은 나에게 무서운 체험이었어. 내 건강은 이미 정상이 아니야. 내가 잘못 볼 수도 있다는 것을 난 알고 있어. 그러나 내 걱정은 말고 솔직

히 말해 줘. 전부가 나의 끔찍한 오해지? 아니면 당신
이 검사 플로레스탄 미시시피의 아내란 말인가?
아나스타샤 네. 저는 그의 아내예요.
위벨로에 (소리 친다) 정말 그렇군!

그는 비틀거린다.

아나스타샤 (그것을 보고 깜짝 놀라서) 보도!

그녀는 그를 끌어안는다. 그는 기절한 채 그녀에게서 미끄러져 바
닥에 떨어진다. 아나스타샤는 정신 나간 듯 작은 은종을 울린다.
오른쪽에서 하녀가 황급히 들어온다.

아나스타샤 빨리 커피를 가져와! 손님이 이렇게 기절을 했
잖아!
하 녀 저를 어째!

하녀는 다시 달려나간다. 왼쪽에서 장관이 나온다.

장 관 일초도 꾸물거릴 수가 없어! 무슨 일이 있어도 정부
청사로 가야 돼!
아나스타샤 손님이 언제 깨어날지 모른단 말이에요.
장 관 이거 큰일인데. 정말 낭패야. 외무부 장관이 나보다
먼저 연설을 하면 그자가 수상이 돼!
위벨로에 (천천히 눈을 뜨며) 미안해. 나는 계속되는 흥분을
육체적으로 감당할 수 없나 봐.

장관은 왼쪽으로 달려가고, 아나스타샤는 그에게 외투와 목도리를
던져 준다.

위벨로에 여기서 생긴 일이 조금이라도 이해가 되면 좋겠는
데. 한 마디로 말해서 당신이 미시시피와 결혼한 것은
도저히 이해할 수가 없단 말이야.

그는 천천히 몸을 일으켜 의자에 앉는다. 땀을 닦는다. 오른쪽에서
하녀가 들어온다.

하 녀 커피예요.

하녀는 커피를 탁자 위에 놓고 다시 나간다. 위벨로에는 애써 몸을
일으킨다. 왼쪽에서 장관이 문께로 머리를 내밀다가 위벨로에와
시선이 마주치자 얼른 숨어 버린다. 아나스타샤가 커피를 따른다.

위벨로에 (커피 잔을 손에 들고 젓는다. 가만히 선 채다) 그러나
검사라면 남편을 독살한 여인과 그 사실을 알면서도 결
혼할 수는 없었을 텐데.
아나스타샤 그이도 자기 아내를 죽였기 때문에 저와 결혼한
거예요.
위벨로에 (커피를 손에 든 채 일어선다) 그 사람도?
아나스타샤 그래요. 당신에게서 압수한 독약으로 말이에요.
위벨로에 당신처럼 커피에 타서?
아나스타샤 네. 커피에 타서 모세의 법을 다시 실시하기 위
해서래요.
위벨로에 모세의 법을 다시 실시하기 위해서라?
아나스타샤 우리의 결혼은 속죄를 위한 것이었어요.
위벨로에 속죄라고?

그는 비틀거린다.

아나스타샤 (격렬하게) 제발 또 기절하지는 마세요.

위벨로에 아냐, 기절은 안 해. 그 사실이 나를 일시에 화석으로 만들었지.

그는 커피 잔을 천천히 탁자 위에 내려놓는다.

아나스타샤 (근심스러운 듯) 괜찮으세요, 보도?

위벨로에 코냑을 좀 주시오.

아나스타샤 커피가 더 나을 텐데요.

위벨로에 이 집에서 또 커피를 마시다니, 그럴 수가 있겠소?

그는 다시 앉는다. 아나스타샤는 말없이 벽장으로 가서 코냑과 술잔을 가져와서 따른다. 왼쪽 의자에 앉는다.

위벨로에 난 당신이 개를 죽일 거라고 감쪽같이 믿고 그 독약을 주었어. 그러고는 절망에 빠져서 열대지방으로 도망갔지. 식인종과 말라야 사람 틈에 끼어 당신의 죄를 속죄하려고 했어. 그러던 중 진성한 인류애를 발휘하게 되었지. 나는 처음부터 사랑해 온 당신을 단념했어. 희생을 통해서 우리의 관계를 신성하게 하려고 말이오. 그런데 당신은 그 사이에 나보다 훨씬 더 무거운 죄를 진 남자와 결혼을 했어. 따뜻한 온대지방에서 아무 병도 없이 제일 좋은 환경 속에서 살아가고 있었어!

왼쪽에서 장관이 미친 듯 무대 위로 뛰어나와 오른쪽으로 사라진다.

장관 난 의회로 가야 해! 그렇지 않으면 수상이 될 수 없단 말이야!

위벨로에 (놀라서) 저건 또 누구지?

아나스타샤 법무부 장관이에요.

위벨로에 (절망적으로) 법무부 장관이라는 작자가 당신 집에서 뭘 하자는 거야?

아나스타샤 제 생활도 역시 지옥이에요.

위벨로에 당신 평생의 사업이 한 여자 때문에 완전히 허물어졌나? 중요한 직위를 무의미하게 포기하고 보르네오내지(內地)로 도망갔다가 다시 무의미하게 돌아온 적이 있나? 당신은 콜레라에 걸려 봤고, 일사병을 앓아 봤고, 말라리아를, 발진티푸스를, 이질을, 황열병을, 수면병, 만성 간장염을 앓아 본 적이 있나?

아나스타샤 당신은 매 금요일마다 사형장에 가야만 했던 적이 있나요? 당신은 법정에서 당신 남편한테 사형선고를 받고 당신한테 무시무시한 저주를 퍼붓는 사람들을 찾아봐야 했던 적이 있나요? 당신은 당신에게 사형선고를 내리고도 죽이지는 않는, 사랑도 없는 남편과 시간시간을 함께 있어야만 했던 적이 있나요? 당신은 모세의 율법에 정해져 있는 단 한 줄 때문에 복잡하기 짝이 없는 법규와 어처구니없는 규범을 지켜야만 했던 적이 있나요? 저는 정신적으로, 당신은 육체적으로, 둘 다 끔찍한 지옥의 세월을 보냈다는 것을 당신은 도대체 왜 인정하지 않으시겠다는 거예요? 당신은 달아날 수 있었지만, 전 여기서 도덕적으로 견뎌내야만 했다구요.

오른쪽에서 위엄 있는 성직자가 세 사람 들어온다. 한 사람은 시교(新敎)의 목사, 한 사람은 카톨릭의 신부, 또 한 사람은 유태교의 사제다. 그들은 허리를 굽혀 보이고, 아나스타샤는 엄숙하게 일어선다. 위벨로에 놀라서 역시 일어선다.

첫째 성직자 우리들은 종교회의 대표로
둘째 성직자 주교관구의 대표로
셋째 성직자 도시 종교 연합회의 대표로서
첫째 성직자 온 것입니다. 존경하옵는
둘째 성직자 친애하옵는
셋째 성직자 자비로우신
첫째 성직자 부인. 이 어려운 시기에, 부인께 감사드리고,
둘째와 셋째 성직자 감사드리고
첫째 성직자 감사드리고 싶어서요.
셋이서 함께 보기 드문
첫째 성직자 존경하옵는
둘째 성직자 경애하옵는
셋째 성직자 자비로우신
첫째 성직자 부인. 부인이 죄수들에게 보여 주셨던 도움에 감사드리고 부인의 천사 같은 행동을 기리려 함이 우리의 결의임을 알리려 합니다. 그러나 이 위험한 시기에 우리가 감사만 할 것이 아니라, 존경하옵는

둘째와 셋째 성직자 친애하옵고

첫째 성직자 자비로우신 부인, 우리 시(市)의 죄수 후생사업
이 영원히 계속되기를 기구하는 우리는

둘째와 셋째 성직자 희망하는 우리는

첫째 성직자 부인께

둘째와 셋째 성직자 위로와

첫째 성직자 격려를 보냄으로써

둘째와 셋째 성직자 활력을 얻게 하기

첫째 성직자 위함입니다. 부인께 감사드리며, 부인을 위해
기구하며

둘째와 셋째 성직자 부인의 변함없는 앞날을 믿는 것,

첫째 성직자 보장하는 것, 그것이 우리에게 부과된 의무임
을 알고 있음을 부인께 알리려 함이

둘째 성직자 우리가 찾아온

셋째 성직자 목적과 뜻

첫째 성직자 인 것입니다.

> 그들은 허리를 굽힌다. 아나스타샤는 고개를 약간 숙여 그에 답례한
> 다. 위벨로에도 당황해서 어쩔 줄 모르다가 허리를 굽혀 답례한다.

세 성직자 (함께) 그러하오나 우리들은 부인의 남편께서 행
한 일은 단호히 배척함을 밝히는 바이니, 유용한 것을
해친 자, 지상에서 벌을 면치 못할 것이며, 추궁을 면치
못할 것이니라. 그러나 그녀, 고귀하게 보살피며, 도움
을 베풀어 오신

그녀에게는
우리
위로의 말을 보내리.
영원히! 영원히!

세 사람의 성직자, 다시 오른쪽으로 나간다. 아나스타샤 앉는다.

위벨로에 (머리를 감싸고) 저 사람 중의 하나는 주교(主敎) 엔센 씨가 아니오?

아나스타샤 네, 그래요. 그리고 모두들 나를 '감옥의 천사'라고 부르고 있어요.

위벨로에 (절망하여 의자에 주저앉으며) 나를 교구위원회에 회부한다고 해서 나를 도망하게 했던 것은 저자들이었어!

아나스타샤 (열성직으로) 하지만 그런 나를 구해 줄 사람은 오직 한 사람, 당신뿐인 것을 당신은 아세요?

위벨로에 (놀라서) 구하다니? 그러면 당신은 지금 구함을 받아야 할 만큼 위험한 처지에 있단 말이오?

아나스타샤 내 남편은 검사직을 내놓는 대로 함께 경찰로 가서 우리들의 독살 사건을 고백하자는 거예요.

위벨로에 (놀라서) 아나스타샤!

아나스타샤 그것도 당장 오늘 저녁 안으로.

위벨로에 (질려서) 안 될 소리! 당신은 어쩔 셈이오?

아나스타샤 (단호하게) 나는 어둡고 침침한 지하 감방에 처박히고 싶지는 않아요. 싫단 말이에요! 보도, 우리의 사랑을 구할 수 있는 길은 한 가지뿐이에요. 우리 칠레로 도망가요. 칠레는 살인자를 받아 주는 유일한 나라예요.
수백 만금은 두었다가 뭣에 쓸 거예요? 비행기를 타요.
밤 4시에 비행기가 뜬대요. 벌써 알아 왔어요. 5년 동
안 당신을 기다렸는데, 이제 당신이 오셨어요. 칠레에선
당신도 행복할 거예요.
위벨로에 (천천히 다시 일어나며) 도망갈 수는 없소, 아나스타
샤. 나는 내 재산을 다 날렸소.
아나스타샤 (죽음처럼 질리며) 보도!
위벨로에 열대지방은 나를 재정적으로도 완전히 파멸시켰소.
아나스타샤 (전율하며) 위벨로에, 차베른체 성(城)은 어떻게
되었나요?
위벨로에 어떤 제약회사로 넘어갔지.
아나스타샤 본젠 도르프와 마리엔초른이란 성은요?
위벨로에 경매에 붙여졌어.
아나스타샤 젠퍼 호반에 있는 몽마르나스 성은요?
위벨로에 차압당했소.
아나스타샤 보르네오에 있는 당신의 원시림 병원은요?
위벨로에 망했어. 원주민의 약이 효과가 더 좋다는 게 판명
됐거든. 나는 인류에게 사회사업을 하다가 알거지가 된
셈이야. 내가 입고 있는 다 떨어진 의복, 낡아 빠진 재
킷, 바타비아에서 어떤 전도사 부인이 짜 준 이 스웨터,
가닥가닥 올이 풀어진 이 바지, 낡아 빠진 구두, 이것들
이 내 재산의 전부야.

아나스타샤 그렇지만 당신에겐 아직도 빈민구호병원, 성 게 오르그가 있어요. 보도, 많이 가지고 갈 필요는 없어요. 당신은 의사고, 저는 피아노 레슨이라도 할 수 있잖아요.

위벨로에 떠나기 전에 구호병원은 주당(酒黨)연맹에 기부해 버렸었어.

아나스타샤 (절망하여 의자에 앉는다) 맙소사! 남편의 강요로 저도 재산 전부를 윤락여성 구제기관에 기부해 버렸는데.

위벨로에 (부르르 떨며) 우리는 둘 다 철저히 망했구려.

그도 역시 의자에 주저앉는다.

아나스타샤 둘 다 끝장이군요!

위벨로에 (주저하며) 아직 끝장은 아니야, 아나스타샤. 우린 이제 사실을 고백하면 돼.

아나스타샤 (의아해서) 고백이라뇨?

위벨로에 남편에게 고백했었어?

아나스타샤 무얼 고백해요?

위벨로에 당신이 내 애인이라는 것 말이야.

아나스타샤 (천천히) 그걸 그에게 말하라고요?

위벨로에 (단호하게) 그에게 그걸 얘기해야만 되겠어. 나는 정직이라는 것을 언제나 엄격하게 생각해 왔어.

아나스타샤 (결정적으로) 그럴 수는 없어요.

위벨로에 (가차없이) 당신은 프랑수아가 죽기 전날 밤 나에게 몸을 내맡겼었어.

아나스타샤 당신은 5년이나 지난 이 마당에, 당신의 그 철저한 정직이라는 걸 가지고 나타나서 내 남편에게 제가 당신을 유혹했다고 말하겠다는 건가요?
위벨로에   다른 도리가 없으니까.
아나스타샤   우스꽝스러운 소리 작작하세요.
위벨로에   내가 하는 일은 모두가 우스꽝스러웠지. 젊은 시절에 나는 위대한 기독교인에 대한 책을 읽고 그들처럼 되려고 했어. 빈곤에 대항하여 싸웠고, 이교도들에게로 직접 갔었고, 성자들보다 열 배나 더 심한 병을 앓았어. 그러나 내가 어떤 일을 하든, 어떤 일을 겪든간에 나에게서는 그 모든 것이 언제나 우스꽝스러운 것이 되어 버렸어. 단 하나 남은 당신에 대한 내 사랑도 우스꽝스럽게 되어 버렸지. 그게 우리의 사랑이야. 우리들은 그 사랑의 우스꽝스러운 것을 견뎌내야만 해.
아나스타샤   우리가 이렇게 지독한 불행에 빠진 건 언제나 당신의 주저 때문이었어요. 벌써 로잔에서부터예요. 우선 시험을 쳐야 한다고 나와 결혼하지 않았어요. 결국 사단장이란 작자가 나를 당신의 부대에 들어갈 수 있게 해주었지요. 나는 당신을 유혹했어요. 그런 판인데도 당신은 행동하지 않았어요. 끝내는 당신의 아내가 되려고 남편 프랑수아를 죽이기까지 했지요. 그런데도 당신은 탐팡으로 도망가 버렸어요. 그런데 이제 와서 당신은 간통했다고 전처를 죽인 사나이에게 우리들의 사랑을 고백하자는 거군요. 그가 그 사실을 알면 서슴지 않고 날 죽이리라는 것을 난 분명히 알기 때문에 5년간이나 숨겨 온 거란 말이에요. 천사로 변장을 해서 이제는 모든 성직자들도 존경하는 부인이 된 것도 그 때문이었는데, 이런 판에 당신이 나타나서 내 남편의 눈을 뜨게 하겠다는 건가요? 그것도 가장 절박한 때에, 그에게 사실을 말한다는 것은 미친 짓이에요.

위벨로에 진실이란 언제나 미친 짓이야. 사람들은 진실을 고래고래 외치는 수밖에 없어. 아나스타샤, 나는 이 방에다 대고 진실을 외칠 테요. 우리의 무너져 내리는 죄악의 세계에다 대고 외치겠어. 그래 당신은 거짓말만 하겠다는 건가? 끝없이 거짓말만? 우리들의 사랑은 기적을 통해서만 구원받을 수 있는 거요. 기적을 믿고 싶으면 진실을 말해야 해.

아나스타샤 (경이로워하며) 당신은 기적을 믿으세요?

위벨로에 나는 우리 사랑을 거기에다 걸고 있어.

아나스타샤 무의미한 짓이에요.

위벨로에 우리가 할 수 있는 길은 그 길뿐이지. (그는 담배에 불을 붙인다) 나는 당신 남편에게 사실을 말하겠어. 그것은 우리의 비참함을 태워서 재로 만들 거야. 그러면 우리의 사랑은 부활하는 거야. 하얀 연기가 되어. (그는 담배를 밟아 끈다) 남편은 언제 돌아오지?

아나스타샤 모르겠어요.

위벨로에 기다리겠어. 이 가구와 그림들 사이에서 기다리지. 기다리겠어. 그가 돌아올 때까지.

아나스타샤 침묵한다.

위벨로에 (시체처럼 창백해지며) 아나스타샤!
아나스타샤 왜 그러세요?
위벨로에 나를 사랑해?
아나스타샤 사랑해요.
위벨로에 그러면 이리 와서 키스해 줘.

아나스타샤, 천천히 그에게로 가서 키스해 준다.

위벨로에 이제야 알겠어. 당신이 언제나 날 사랑하리라는 걸. 나는 우리 사랑을 믿어. 우리를 구해 줄 기적을 믿듯이.
아나스타샤 (열정적으로) 달아나요! 주저할 것도 생각할 것도 없어요. 그리고 다시 돌아오지 않는 거예요.
위벨로에 아니야! 나는 기다려야만 해. 나는 기적을 기다려!

제 4 막

같은 방. 코냑 병이 쌓여 있는 티테이블, 아나스타샤와 위벨로에. 위벨로에는 테이블 위에 앉아 있고, 아나스타샤는 뒤쪽 창가에 서 있다.

아나스타샤 또 안개가 끼네.

위벨로에 또 군중들이군.

아나스타샤 금년 11월에는 저녁마다 강 쪽에서 안개가 올라와요.

위벨로에 비더마이어시 탁자, 루이 14세식 의자들, 루이 15세식 장. 나폴레옹 시대의 소파, 나는 그런 이 가구들이 미워. 로잔에서부터도 이미 나는 이런 가구들을 싫어했어. 나는 도대체 가구라는 게 싫어. 딱 질색이야.

아나스타샤 (위벨로에의 말을 못 들은 듯) 성당에서 10시를 치네요.

위벨로에 열 시간 동안, 열 시간 동안을 기다렸어.

아나스타샤 총소리, 자꾸 총소리가 나요.

위벨로에 그리고 끊임없는 노래 소리, 노래 소리, 세계가 망할 때나 들려 옴직한 저 노래 소리들.

아나스타샤 지금쯤 칠레는 한여름일 텐데. 밤에는 하늘에 십자성이 보이겠지.

위벨로에 진실은 십자가야. 나는 그에게 진실을 말하겠어. (다시 테이블 위에 앉는다) 비더마이어식 테이블, 루이 14세식 의자, 루이 15세식 탁자, 루이 16세식 장, 나폴레옹 시대의 소파. 이 가구들이 난 미워. 로잔에서부터 이미 나는 이런 것들이 싫었지. 도대체 가구라는 게 난 싫어.

아나스타샤 이렇게 안개가 끼었어도 비행기가 뜰까요?

위벨로에 날씨가 아무리 나빠도 오늘은 비행기가 떠. 지옥에 떨어진다 해도 난 진실을 말할 테야. 그에게 진실을.

아나스타샤 당신은 코냑을 다섯 병도 더 마셨어요.

위벨로에 (갑자기 거칠게) 그렇게 마시지 않고 이 지옥에서 어떻게 열한 시간이나 견뎌 낼 수 있겠어? 렘브란트 반 라인, 1606년 출생에 1669년 사망. 〈탑이 있는 풍경〉, 동판화. 헤라클레스 세거, 1589년에서 1645년까지 생존. 제목 〈낡은 물방앗간〉.

두 사람은 꼼짝 않고 굳어지고, 왼쪽 창에 생 클로드의 모습이 나타난다.

생 클로드 (관객에게) 이 두 남녀가 방 안에서 기다리고 있는 동안에 본인 생 클로드는 제 손으로 수채 구멍에서 끌어냈던 옛 친구를 다시 수채 구멍에다 처박았습니다. 내가 한 번 명령만 내리면, (그의 뒤에 적기를 든 남자들이 나타난다) 민중들은 법원으로부터 담을 넘어 츠빙글리 기념비를 돌아 항구 쪽에 있는 콜럼버스 동상을 향하고, 부두를 따라 돌을 던져 가며 검사를 이 정원 안으로 몰고 옵니다. 그리고 본인이 또 이렇게 손을 한 번 움직이면, (그가 손을 쳐들자 남자들이 사라진다) 군중들은 그로부터 물러갑니다.

생 클로드의 모습 사라지고, 오른쪽 창문에 장관의 모습이 나타난다.

장 관 그와는 반대로 나는 방금 수상이 되었습니다. 외국에서들은 야단이나 난 듯이 숨을 죽이고 있네요. 트뤠그데리는 조심스럽게 신문을 읽고, 비신스키는 손만 비비고 있으며, 주식 값은 하락하고, 소문은 흉흉합니다. 그러나 사실은 이런 때야말로 권력을 손에 넣기 안성맞춤의 때인 것입니다.

보이지 않는 군중들의 박수 소리.

장 관 저는 새 집무실 소파에 드러누운 채, 밀입국한 코민포름 대표의 사진을 찢어 불 속에 던집니다. 전 수상은 이미 정신병원에 가두었죠. (그는 사진 한 장을 찢어 던진다) 바보지요. 그뺀입니다 일개인에 대한 혁명이 무슨 힘을 쓰는 줄 알고 있는 모양입니다. 개인을 희생시켜도 사회라 불리는 민중은 그대로 남아 있는 것입니다. 민중은 죽일 수 없다는 이 고래(古來)의 철학을 이 민중 위에 적용시킵니다. 그러면 우리는 영원히 그들 위에 군림할 수 있는 것이죠. (박수 소리) 그러나 중요한 점은 너무 일찍 조처를 취하지는 말자는 것입니다. 혁명이 주는 위험한 인상을 충분히 이용하지 않으면 안 되는 겁니다. 그리고 우리 손으로 혁명을 진압하면 미국은 우리에게 얼마나 많은 차관을 해주겠습니까? (박수 소리) 혁명 초기의 살기, 희망에 넘친 무한한 가능성, 무지한 모험을 대중은 좋아합니다. 그러나 어느 순간에 이르면 대중의 광기는 머쓱해집니다. 더 많이 가지려는 그들의 욕망이 처음에 그들을 열광시켰다면, 이제는 더 잃을지도 모른다는 공포가 그 열을 식혀 주는 겁니다. 군대는 준비되었고, 경찰은 소방 펌프를 갖추었습니다. 소방 펌프, 이거 좋은 거죠. 저는 찬물의 효과를 믿습니다. 요한! 위스키를 가져와라.

하인이 잔을 가져온다.

장 관 저는 아직 뒤에 숨어 있습니다. 한 바보가 다른 바보를 쫓아내고, 주먹을 쥔 군중들이 우리의 불쌍한 검사를 쫓도록 내버려 둡니다. 검사는 지금 피를 흘리며, 흙투성이로 담을 넘어 자기 집의 정원으로 들어갑니다. 나무 아래에 누우려나 봅니다. 사과나무인 것 같습니다. 사람들이 너를 찾아내지 말아야 할 텐데, 달려라, 내 사랑스러운 토끼야, 달려라. 이 친구, 정말 천재였지요. 이제 지옥으로 갈 겁니다.

그는 잔을 비워 던져 버리고 사라진다. 아주 가까이에서 총소리, 그러면 경직상태에 들어가 있던 아나스타샤와 위벨로에는 다시 깨어난다.

위벨로에 뭐가 보여?

아나스타샤 (밖을 내다보며) 누가 사과나무 밑에 누워 있어요.

위벨로에 (애써 몸을 일으키며) 남편이야?

아나스타샤 일어나서 절뚝거리며 테라스를 건너와요.

위벨로에 (비틀거리며) 그에게 진실을 말할 테야.

아나스타샤 (창문에서 떨어지며) 사람들이 탐조등으로 정원을 비쳐보고 있어요.

밖에서 문 두드리는 소리.

위벨로에 이 끊임없는 노래 소리. 세상이 망할 때나 들려옴직한 이 노래 소리.

아나스타샤 그가 문을 여는군요.

위벨로에는 탁자 왼쪽으로 다가가 양손으로 몸을 받치고 오른쪽 문을 응시한다.

위벨로에 나를 사랑하지?

아나스타샤 그가 곧 들어올 거예요.

위벨로에 기적이 일어날 거야. 나는 그에게 진실을 얘기하겠어. 그러면 우린 해방되는 거야.

오른쪽 문이 열린다.

아나스타샤 (나직이) 제 남편이에요.

문간에 피흘리며 찢긴 미시시피가 나타나 서 있다.

미시시피 백작님, 고향에 돌아오신 것을 환영합니다.

아나스타샤 플로레스탄!

그녀는 미시시피에게 달려가려 한다. 그러나 그는 가만있으라고 눈짓으로 제지한다.

미시시피 여보, 손님이 계시다는 것을 잊지 말아야지. 아나스타샤, 쉴 새 없이 변해 가는 이 세상에서 우리가 지켜 나갈 수 있는 것은 오직 확고부동한 태도 하나뿐이야. (그는 허리를 굽혀 보인다) 백작, 제가 병원으로 찾아 뵙던 때가 5년 전 5월이었지요? 그때 얘기를 기억하고 계실 겁니다. 라파엘의 성 게오르그 초상화의 조잡한 복사판 그림 아래의 소파에 앉아서였지요. 후에 듣기로는 열대 지방으로 달아나셨다구요. 실례지만 돌아오신 이유가 무엇인지? 지금은 제 아내에게나 저에게나 위험하기 짝이 없는 때입니다.

위벨로에 (허리를 굽혀 보이며) 이렇게 늦은 시간에 번거로움을 끼쳐 죄송합니다. 급히 드릴 말씀이 있어섭니다.

미시시피 자수하러 오신 건가요? 제 아내와 저도 자수하려던 참이니, 어려운 일은 없을 겁니다.

위벨로에는 정신을 가다듬으려고 애를 쓴다.

위벨로에 검사님, 5년 전 당신은 이 사람 보도 폰 위벨로에 백작이자, 분젠도르프의 마리엔초른성의 성주를 이 나라에서 떠나도록 강요하셨습니다. 그 동안 우리 모두에게는 괴로운 시간이었지만, 그런 얘기는 그만둡시다. 나는 당신과 다투려 온 것이 아니니까요. 검사님은 나에게서 독약을 얻어 간 여자와 결혼하셨습니다. 그러나 저에게는 벽력 같은 일, 정말 타격이었지요, 그것도 좋습니다. 한데 당신은 모세의 법을 다시 실시하신다지요? 저는 정의를 위한 그 거인적인 열정에 머리 숙입니다. (그는 다시 허리를 굽혀 보인다) 그것은 대단한 의욕입니다. 저는 경의에 차서 머리를 숙입니다. 저에게는 귀족이며, 파비아와 젬파아, 심지어는 십자군에 종군한 조상들이 있습니다. 이 방으로 저주에 찬 노래를 불러대는 저자들과는 거리가 먼 사람입니다. 나는 내게 고통스러운 판별을 주었고 갖가지 면에서 나를 멸망시킨 열대지방에서 돌아와 지금 여기 당신 앞에 섰습니다. 평을 하자는 게 아닙니다. 검사님! 할퀸 자국투성이의 얼굴, 끔찍스럽게 헝클어진 옷, 검사님, 당신도 역시 완전히 몰락한 것이 틀림없군요. 우리 두 사람은 현대에서 몰락할 수밖에 없는 운명인가 봅니다. 뼛속까지 몰락하는 것 말입니다. 우리는 이 이상 아무것도 긍정할 수 없고, 역사는 우리 두 사람을 부정하였지요. 지칠 줄 모르는 강철 같은 힘으로 대도시의 진창에서 기어올라온 당신과, 오랜 귀족이며 백작인 이 나를. 거리의 사람들은 이제 당신의 불행을 노래하고, 내 운명에는 조롱의 웃음을 보내게 될 겁니다. 멸망해 가는 이 세상에서 — 세상이 멸망한다는 걸 누가 의심하겠습니까? — 우리에게는 단 한 가지 일이 남았습니다. 그 한 가지는 절대적으로, 광신자처럼 해야 합니다. (그는 점점 더 비틀거린다) 우리는 진실을 향해서, 검사님! 끔찍스러운, 어쩌면 우스꽝스럽다고 할 수도 있는 진실을 향해서, 모든 용기, 모든 힘을 다해 우리는 나아가야 합니다.

그는 머리를 감싸 쥐며 왼쪽 의자에 쓰러진다. 미시시피는 테이블로 가서 종을 울린다. 오른쪽에서 하녀가 나온다.

미시시피 찬물 한 대야 갖고 와요, 루크레치아!

하녀 나간다.

아나스타샤 그 사람 취했어요.
미시시피 정신을 차리게 해서 마저 얘기를 하도록 해요.
아나스타샤 오늘 아침부터 코냑을 다섯 병이나 마셨어요.

하녀가 대야를 가지고 들어온다.

미시시피 백작에게 갖다 드려요, 루크레치아!
하 녀 백작님, 대야 여기 있어요!
미시시피 얼굴을 좀 담가요, 위벨로에 백작!

위벨로에는 복종한다.

미시시피 (하녀에게) 이제 가 봐요, 루크레치아.

하녀는 서둘러 오른쪽으로 사라진다.

위벨로에 (천천히) 죄송합니다. 오랫동안 기다리느라 그만 지쳐서.

미시시피 얘기를 계속하시오. 무슨 할 말이 있었지요?

위벨로에 (일어서며) 검사님! 나는 당신에게 진실을 말해야 되겠습니다. 내 이름과 당신 부인의 이름으로. 다름이 아니라 당신 부인과 내가 —사실은 우리가 서로— 사랑한다는 것입니다.

방을 향해서 무시무시한 일제 사격이 가해진다. 미시시피는 오른쪽, 아나스타샤와 위벨로에는 왼쪽으로 피한다. 다시 일제 사격. 왼쪽 창에 생 클로드가 나타난다.

생 클로드 (관객을 향해) 저 사람들은 벌써 하잘것없는 것으로 된 벽 융단에 찰싹 달라붙었습니다. 저는 이 루이 14세·15세식 가구와 나폴레옹 시대 식의 샹들리에, 로코코식 거울, 판화, 꽃병, 칠세공 장식, 부서진 석고, 비너스를, 그리고 그 받침 의자를, 이 잡동사니 전부를 부서뜨립니다. 저는 다가오는 왕국을 위해서 우스꽝스러운 이 세상을 숯더미로 만드는 탄두입니다.

그는 사라지고, 다시 일제 사격

미시시피 (날카롭게) 여보, 당신은 당신 방으로 가시오. 거기가 안전할 거요.

아나스타샤는 왼쪽 문으로 사라진다.

미시시피 (사격 소리 가운데서 위벨로에게) 방 가운데서 만납시다. 사격 때문에 안됐지만 서로 기어야겠소.

위벨로에 벌써 기어가고 있습니다. 검사님!

그들은 가운데로 기어온다. 일제 사격. 둘은 더 납작하게 엎드린다.

미시시피 다쳤소?
위벨로에 살을 살짝 스쳤을 뿐입니다.

그들은 티테이블 아래에서 합류한다.

미시시피 당신은 방금 고백을 하셨는데, 남편으로서 몇 가지 질문을 해야겠습니다.
위벨로에 검사님 좋으실 대로 하십시오.
미시시피 백작! 당신의 운명에는 의심스럽긴 해도, 뭔가 위대한 점이 없지 않은가 보오. 우리 대륙에서 가장 전통 있는 귀족 가문의 대표이면서도 누더기를 걸치고 있으니 말이오. 뭣 때문에 차베른체성을 버리고 낯선 세계로 도망친 건지 좀 물어 봐도 되겠소?
위벨로에 사람들이 가엾어섭니다.

일제 사격. 그를 다시 납작 엎드린다.

미시시피 당신은 인간 모두를 사랑하시오?
위벨로에 그렇습니다, 모두를.
미시시피 그들은 그렇게 더럽고, 그렇게 탐욕스러운데도요?
위벨로에 그들이 아무리 허물이 많더라도 마찬가집니다.

일제 사격. 엎드린다.

미시시피 당신은 크리스천인가요?
위벨로에 그렇소.

일제 사격, 엎드린다.

미시시피 그래, 인류에 대한 사랑에서 지금 남은 게 뭐요, 백작?

위벨로에 당신 부인에 대한 사랑뿐입니다. 검사님!

일제 사격, 엎드린다.

미시시피 남의 아내를 사랑하는 것으로 얻는 게 뭐요?

위벨로에 내가 사랑하는 한, 내 애인의 영혼은 버림받지 않을 수 있다는 믿음, 그뿐이오.

다시 일제 사격, 엎드린다.

미시시피 그런 경건한 믿음일랑 집어치우시오. 이 세상에서 사랑이란 건 아주 소용 없는 거요. 만일 내 아내가 당신의 사랑을 받아들였다면 어떻게 되었겠소? 남편 살해에다 간통죄를 더 첨가했을 뿐이지. 더 자세히 설명할 건 없겠지요?

위벨로에 그렇다면 당신의 모세 율법으로 아나스타샤는 지금 어떻게 되었단 말입니까?

미시시피 감옥의 천사, 내게서 사형선고를 받은 사람들에게서까지 사랑받는 감옥의 천사가 되어 있소.

위벨로에 (미시시피를 잡으며) 당신은 그 결혼이 의심스럽지 않습니까?

다시 일제 사격, 엎드린다.

위벨로에 아내를 믿습니까?

미시시피 의심할 여지도 없어.

위벨로에 그 여자가 더 훌륭해졌다는 것을 말이오?

미시시피 아내는 훌륭해졌소.

위벨로에 당신들 사이에는 진실만이 있고, 불안은, 뭐라고 이름 지을 수 없는 불안은 없다고 할 수 있겠습니까?

미시시피 나는 아내를 믿어요. 법률을 믿듯이.

위벨로에 이 바보 같은 양반에게 내가 지금 잔인한 짓을 하는구나. 흙으로 빚은 거인. 이런 사람한테 진실을 말하다니. 여자를 자기 작품 때문에 사랑하다니! 당신은 인간이 이룩해 놓은 일이 거짓이란 것을 모르오? 당신의 사랑은 너무 무력하고, 당신의 법률은 너무 맹목적이란 말이오. 보시오, 나는 이 여자가 정직하기 때문에 사랑하는 것이 아니라, 불행하기 때문에 사랑해. 되찾은 양으로서가 아니라, 길을 잃은 양으로서 사랑한단 말이오.

미시시피 (놀라며) 그게 다 무슨 뜻이오?

위벨로에 검사님!

미시시피 설명을 좀 부탁해도 좋겠소, 위벨로에 백작?

위벨로에 검사님! 그것은 나의 의무요. 아나스타샤가 전남편 프랑수아와 결혼할 때 그녀는 그전에 이미 내 애인이었다는 사실을 잘 알아 두십시오.

죽음과 같은 정적. 그러자 밖에서 명령 소리가 들리고, 말발굽 소리. 호각 소리. 군중들의 달아나는 소리 등등이 들려온다.

미시시피 폭동은 진압된 모양이오. 정부가 이긴 거야, 일어
　　　나시오, 백작.
위벨로에 일어나지요.

　　미시시피가 일어나고, 위벨로에도 따라 일어난다.

미시시피 (조용히) 당신 얘기로는 내 아내가 당신에 대한 사
　　　랑 때문에 설탕공장 주인을 살해했다는 것이구려?
위벨로에 그런 거지요.
미시시피 내 아내의 방문을 여시오, 위벨로에 차베른체 백작.

　　위벨로에는 왼쪽 문을 연다.

위벨로에 (불안해하며) 아나스타샤에게 물어 보려는 것입니까?
미시시피 그게 당연한 것 아니겠소? 당신이 내 아내에게 간
　　　통죄를 뒤집어씌웠으니, 이제 당신의 고소를 검토해야
　　　겠소. 그전에 우리는 한 가지 분명히 해 둬야 할 게 있
　　　소. 내 아내의 대답은 우리 둘 중의 하나를 완전히 파멸
　　　시킬 거요. 내가 당신 앞에서 바보가 되든지, 당신이 내
　　　앞에서 어쩔 수 없는 알콜 중독지기 되든지. 정신칙란
　　　으로 황당무계한 소망을 사실로 믿고 떠드는 곤란한 알
　　　콜 중독자 말이오.
위벨로에 당신의 정확한 사고방식에 놀랄 따름입니다. 검사님!
미시시피 아나스타샤!

　　아나스타샤가 왼쪽 문에서 나타나 천천히 방 가운데로 나와 티테
　　이블 곁에 선다.

아나스타샤 저한테 무슨 볼일이 있나요?
미시시피 위벨로에 백작이 당신한테 질문을 하나 하겠다는 구려. 여보! 사실대로 대답해 줄 것을 맹세하겠소?
아나스타샤 맹세하지요.
미시시피 하늘에 대고?
아나스타샤 하늘에 두고 맹세해요.
미시시피 이제 아내에게 물어 보시오, 보도 폰 위벨로에 차 베른체 백작.
위벨로에 아나스타샤, 당신에게 꼭 한 가지 묻겠소!
아나스타샤 물어 보세요!
위벨로에 나를 사랑하오?
아나스타샤 아니오.

위벨로에는 굳어진다.

위벨로에 (마침내 비틀거리며) 아나스타샤, 그런 대답을 하다니!
아나스타샤 나는 당신을 사랑하지 않아요.
위벨로에 거짓말이오.
아나스타샤 저는 하늘에 대고 진실을 말할 것을 맹세했어요.
위벨로에 그렇지만 당신은 내 애인이었잖아?
아나스타샤 무슨 소리를 하는 거예요?
위벨로에 당신은 프랑수아가 죽기 전날 밤에 나에게 몸을 맡겼잖소!
아나스타샤 나는 내 몸에 당신의 손 하나 대게 한 적이 없어요.

위벨로에 (애걸을 하듯) 하지만 당신은 내 아내가 되겠다는 이유 하나만으로 당신 남편을 죽였잖아?

아나스타샤 나는 그이를 사랑하기 때문에 죽였을 뿐이에요.

위벨로에 (아나스타샤가 서 있는 테이블 앞에 무릎을 꿇으며) 나를 불쌍히 여겨요! 사실을 말해 줘. 나를 가엾다고 좀 생각해 달라구! (그는 테이블을 끌어안는다)

아나스타샤 나는 사실을 말했을 뿐이에요.

위벨로에 쓰러진다.

위벨로에 (절망적으로) 짐승! 짐승들!

밖에서는 구급차의 경적 소리가 들려 온다.

미시시피 (외치듯) 이제 사실이 밝혀졌소. 아나스타샤는 당신을 사랑하지 않아.

위벨로에 짐승들! 짐승들!

누군가 오른쪽 문을 세차게 두드린다.

미시시피 (위엄 있게) 보도 폰 위벨로에 차베른체 백작, 원시림 속에서 당신 머리에 떠오른 당신의 미친 주장은 과음 때문에 보다 더 격렬해진 근거 없는 것으로 드러났소. 유감스럽게도 내 아내는 당신 애인이었던 적이 없었단 말이오. 당신은 자기 죄만 늘려 놓았소. 불법으로 독약을 내준데다가 남을 야비하게 중상까지 했소. 이로 미루어 보면 당신은 육체적으로만 파멸한 게 아니라,

도덕적으로도 가망 없게 되고 말았다는 것을 의심할 여지가 없구려.

그때 갑자기 오른쪽 문이 열리고, 두 사람의 감시원을 거느린 의사가 들어온다. 그들은 모두 흰 가운을 입고 있다.

의 사 시립 정신병원의 위버후버 교수입니다.
미시시피 (그것에는 상관하지 않고) 당신이 거짓말을 했다고 자백을 하시오!
위벨로에 당신들은 짐승들이야!

여기저기의 문과 창문으로부터 하얀 가운과 도수 높은 뿔 테 안경을 쓴 의사들이 나타난다.

위버후버 나는 보건사회부로부터 당신을 병원으로 데려다가 진찰을 해 보라는 위임을 받았소. 신임 수상의 명령이오. 전 수상은 이미 우리가 돌보고 있소.
미시시피 (여전히 개의치 않고) 아나스타샤는 하늘에 맹세했소. 거짓말이었다고 자백하시오. 백작, 난 틀림없이 당신 몸 속 어느 구석엔가 아직도 희미하게 빛나고 있을 귀족다운 명예심과 마지막 불꽃에 호소하는 거요.

감시인들, 미시시피를 붙잡는다.

미시시피 (여전히 위벨로에에게) 당신은 거짓말을 했소! 고백하시오! 거짓말이었다는걸!

감시인들 미시시피를 끌고 나간다.

미시시피 (절망하며) 나와 내 아내를 경찰에게 데려가 주시오! 나는 전처를 독살했고, 내 아내는 전남편을 독살했소!

감시인들, 미시시피를 끌고 나간다.

위버후버 (허리를 굽혀 보이며) 부인, 저분의 말을 언짢게 생각하지 마십시오. 저분은 광증이 극심한 상탭니다. 우린 알고 있지요. 곧 좋아질 겁니다. 전 수상도 어제까진 아무 통치능력이 없는 듯하더니, 전기 쇼크 한 번과 냉수 샤워 몇 번으로, 벌써 오늘은 어디 대사(大使)든, 국립은행 총재든, 뭐든지 국가에 계속 봉사할 생각을 먹게끔 되었습니다.

의사들 말없이 박수 친다. 위버후버 교수, 다시 한 번 아나스타샤에게 허리를 굽혀 보이고 오른쪽으로 퇴장한다. 의사들 역시 그들이 나타났던 곳으로 뿔뿔이 퇴장한다. 아나스타샤와 위벨로에만이 남는다. 위벨로에는 천천히 일어선다.

아나스타샤 당신은 사실을 말했지만, 난 당신을 부인했어요.
위벨로에 두려움이 사랑보다 컸던 거지.
아나스타샤 언제나 두려움은 사랑보다 강한 거예요.
위벨로에 그런데 그들은 당신 남편을 데려갔어.
아나스타샤 기적이 일어난 거예요. 우리는 자유로워졌어요.
위벨로에 그렇지만 이제 우리는 남이야.
아나스타샤 영원히.
위벨로에 희망은 사라졌소. 모래에 스며든 물처럼.
아나스타샤 희망은 사라졌어요. 햇빛을 받자 사라져 버리는 구름 조각처럼.
위벨로에 그러나 사랑만은 남았소. 한 바보의 사랑, 한 우
스꽝스러운 인간의 사랑만은.
아나스타샤 이제 아무 쓸모 없어요.
위벨로에 나그네를 경고하는 페스트 환자처럼
이제부터 나는 네 이름을 외치리라.
나를 휩싸는 저 밤을 향해서.
너는 나를 미워했으나, 난 너를 사랑했다고.
너는 나를 부인했으나, 난 너를 사랑했다고.
너는 신의 이름을 조롱했으나, 나는 너를 사랑했다고.
하지만 나 이제는 네게서 돌아서니
너 이제 내 얼굴 결코 보지 못하리.
난 너를 영원히 떠나리라.
오직 네게 대한 사랑
시들지 않고
나를 불태웠고, 나를 죽인,
그리고 또 나를 항상 다시 살린 이 사랑만을 지니고
나는 떠나리라.
이제 내가 방황하는 곳마다 몰락한 백작, 이 주정뱅이
나는 모든 거지들과
이 사랑 얘기 함께 나누리라.
구할 길 없는 대지에게 버림받아
우스꽝스러움의 십자가에 못 박힌 채

어쩔 길 없이
신의 얼굴을 바라보며
나, 최후의 크리스천은
나를 조롱하는 들보에 매달리련다.

위벨로에 천천히 오른쪽으로 나간다. 아나스타샤는 움직이지 않는다. 어디선가 비행기 소리가 들려 온다.

아나스타샤 아, 칠레행 비행기가 뜨네.

구름 사이로 나는 비행기 그림이 장면을 덮는다.

제 5 막

1막에서 있었던 프록 코트를 입은 생 클로드가 화판 앞으로 나온다. 목에는 타월을 걸치고 있다.

생 클로드 비행기는 칠레공화국으로 날아가게 둡시다. 백작도 가 버리게 내버려 두고요. 그는 우리를 너무나 방해했습니다. 그는 대도시의 혼잡 속에 서거나, 침침한 술의 늪 속에서 멸망해 갈 겁니다. 칼을 맞거나, 잘 되면 자신이 언젠가 세웠던 빈민구제원 안에서 죽어 가겠지요. 그 사람 걱정은 그만둡시다. 무대는 정말 처량합니다. 잠시 후 비행기가 날아 올라가 버리면 여러분에서도 확인하게 될 겁니다. 방은 끔찍한 상탭니다. 아마 완전히 부서져 버렸나 봅니다. 곧 보시게 되겠지만, 가구는 이제 구별도 할 수 없고, 전부 하얗게 석회나 모르타르를 뒤집어썼습니다. 다만 한가운데에 비더마이어식 티테이블만이 거짓말처럼 아무 상처 하나 없이, 첫 장면에서와 같이 두 사람분의 찻잔이 놓인 채 남아 있습니다. 도무지 부서지질 않는 모양이죠. 그러나 그 잔은 아나스타샤와 미시시피를 위해서가 아니라, 아나스타샤와 본인을 위해서 있는 것이라는 것, 이것도 숨겨서는 안 되겠습니다. 하기는 제가 여기서 수염을 깎고 있는 것만 봐도 뻔한 일이지요. (그는 면도를 한다) 제가 이제는 다시 파멸하여 처음부터 다시 시작하지 않으면 안 되리라는 것을 여러분들은 짐작하실 겁니다. 폭동의 끝은 비참했고, 신임 수상의 승리는 완전해졌습니다. 그리고 제 생애에는 비참한 자국이 남게 되었습니다. 이미 공산군에서는 제 계급을 강등했고, 폴란드 의회는 나의 전권을 취소했습니다. 요컨대 저는 맨끝에서부터 다시 명예를 회복해야만 되게 되어 있습니다. 지금 제가 말씀드릴 수 있는 것은, 세 사람이 똑같이 전부 어쩔 수 없는 처지에 빠졌다는 것뿐인가 봅니다.

비행기가 그려진 화판이 올라간다.

생 클로드 이제 믹 사원 쪽에서 첫 축포 소리가 들려 옵니다. 시내는 신임수상의 결혼 축하 준비에 바쁩니다. (밖에서 디에고의 신부와 그녀의 웨딩 드레스 옷자락을 잡고 가는 들러리 아이들이 지나간다) 창문을 지나 유유히 성당으로 가는 높으신 한 쌍이 보이는군요. 남자는 우리가 아주 잘 아는 친구이고, 신부가 될 여자는 이곳에서 대단한 독자를 가지고 있는 이브닝 포스트지(紙)의 편집인입니다. 새 웨딩 드레스에다, 얼굴을 붉히고 있군요. 권력은 탄탄해졌고, 질서는 회복되었으며, 옛날의 화려함과 위엄이 다시 부활합니다. 끊임없이 터지는 행복한 군중들의 환호성, 여학생들의 즐거운 여흥, 드높은 소리로 베

토벤 9번을 연주하는 시립 교향악단과 합창대, 마지막으로 장엄하게 울리는 성당의 종소리, 이런 화려한 전경(全景) 뒤에는 다음 장면이 외로운 대조를 이루고 있습니다. 그러면 시작해 봅시다.

창문으로 미시시피가 방 안으로 들어온다. 그는 정신병원 환자복을 입고 있다. 오른쪽 자기 방으로 사라진다.

생 클로드 검사입니다. 용케 정신병원에서 도망을 친 것이지요. 불행하게도 저는 그가 창문을 기어오를 때 아직 방에 있지 않았습니다. 그랬더라면 제가 마지막 남은 이 거울 앞에서 면도 하는 꼴을 그 친구 폴이 보았을 거고, 모든 것을 알아챘을 테지요. 그러나 그는 제가 있는 줄은 꿈에도 모르고, 또 저 역시 그가 왔다는 걸 몰랐습니다. 나중에 제가 그에게 알게끔 할 수도 있었겠지만, 그것은 무의미한 일일 겁니다. 여하튼 그 사람 스스로가 만들어 낸 것과 다름없는 운명은 이렇게 빨리 그를 휩쓸어 버렸습니다. 아나스타샤,—이 여자 때문에 나도 우스꽝스러운 죽음을 당하지만, 그 여자만 없었더라면 나는 지금 벌써 안전한 곳에 가 있었을 테니까요.—그 여자가 조금 있다 외출에서 돌아옵니다. 그녀는 입으로는 여죄수 형무소 성 요한젠에 갔었다고 그랬지만, 실상은 신임 총리를 면회하려다가 실패하고 돌아온 길이지요. 총리는 집에 없었습니다. 여러분도 그 이유는 아시겠지요. 그 여자는 단념하는 수밖에 없었습니다. 그래서 곧 은행으로 갔다가 자선가의 옷차림으로 악어백을 들고 다시 집으로 돌아온 겁니다.

오른쪽에서 아나스타샤가 숨을 헐떡이며 들어온다.

아나스타샤 미시시피가 도망했대요!

생 클로드 (무관심하게) 그래서?

아나스타샤 정신병원 감시반원들과 경찰들이 국립공원에서 그를 찾고 있었어요.

생 클로드 토끼 사냥이군. (돌아서면서) 어디 갔었소?

아나스타샤 여죄수 감옥, 성 요한젠에요.

생 클로드 거짓말! 은행이지?

그는 핸드백을 잡아채서 수표를 꺼내 자기 주머니에 찔러 넣는다.

생 클로드 얼마야?

아나스타샤 5백.

생 클로드 꽤 드는군.

아나스타샤 당신, 면도했군요?

생 클로드 달라 봐여?

아나스타샤 네.

생 클로드 당신도 이브닝 드레스를 입어요. 미 대사 별장에서 파티가 있어.

아나스타샤 미국 대사가 당신과 무슨 상관이에요?

생 클로드 아무도 몰래 이 나라를 빠져 나갈 절호의 기회야. 내가 이 루트를 택할 것이라곤 아무도 생각 못할걸.

아무렴. 내가 뭣하러 당신 남편의 이 코트를 입었겠나?

그는 그녀의 팔을 잡고 들여다본다.

생 클로드 조금 전에 멋진 생각이 떠올랐단 말이야. 우리는 함께 도망가는 거야.
아나스타샤 (불안해서) 경찰이 나를 찾나요?
생 클로드 아니, 나를 찾지. 우리는 포르투갈로 가는 거야.
아나스타샤 당신 당이 불법단체로 인정되었나요?
생 클로드 당이 나를 파면시켰을 뿐이야.
아나스타샤 아니, 왜요?
생 클로드 자기들이 무서워해야 할 인물은, 진지하게 공산주의를 받아들이려는 자들이라는 걸 그자들도 본능으로 알고 있어서 그런 조처를 취한 것이니 날 죽이려 할 건 당연한 이치 아니겠어?
아나스타샤 그럼 포르투갈에선 뭘 하지요?
생 클로드 처음부터 다시 시작하는 거야. 러시아 황야에서 방황하고 있는 세계혁명을 지구의 다른 구석에서 새로 일으켜야만 되는 거야. 굉장히 힘들 거야. 고난이지. 소련이 공산주의를 그런 식으로 타락시킨 후로는 나는 젖은 화약을 가지고 빌딩을 부숴야 하는 사람과 같은 처지야, 지금같이 비참한 폐허는 아마 없었을 거야.

그는 조그마한 은종을 울린다. 오른쪽에서 하녀가 나온다.

생 클로드 커피를!

하녀 사라진다.

아나스타샤 (그에게로 다가서며 그를 주의 깊게 살핀다) 나를 어쩔 셈이에요?

생 클로드 우리는 하수 구멍에서부터 새로 시작하는 거야. 거기에서 여인숙으로 올라가고, 다시 술집으로 바꾼 다음, 마지막에 점잖은 갈보 집을 하나 지어야지.

아나스타샤 (기가 차서) 내가 그렇게까지 전락해야 하나요?

생 클로드 (냉혹하게) 전락하는 게 아니지. 본격적으로 제자리를 찾는 것뿐이야.

그는 등을 돌려 왼쪽 창으로 가서 관객에게 등을 돌리고 선다. 오른쪽에서 하녀가 나온다.

하 녀 커피 가져왔어요.

생 클로드 (몸도 들리지 않은 채) 따라!

하녀는 시키는 대로 하고 오른쪽으로 퇴장한다. 아나스타샤는 하얗게 질려 가지고 그녀의 목에 걸린 메달을 잡는다.

아나스타샤 당신, 나를 이용해 먹으려는 기군요.

생 클로드 아니지. 나는 당신을 당신자신에 맞게 살도록 해주려는 거야. 도대체 당신이 뭐야? 남자들을 무시무시하게 잡아먹는 계집일 뿐이지. 당신은 앞으로도 모든 혁명들이 언제나 적으로 삼는 자들을 빨아먹고 살 여자야, 부자들을. 감옥의 천사라는 건 말도 안 되는 모독이야, 당신한테는. 당신을 새로이 잘 이용하면, 유산계급을 파멸시키기 위한 돈을 그자들로부터 긁어내는 데 아주 자연스러운 도구가 될 거야. 이건 착취가 아니라 세계의 복지를 위해 당신을 써먹을 유일한 기회가 되는 거야.

아나스타샤 (메달의 뚜껑을 열고 각설탕처럼 생긴 물건을 몰래 꺼낸다) 당신은 배은망덕하군요. 나는 당신이 이 나라로 온 날부터 당신을 내 집에 숨겨 주었는데.

생 클로드 당신이 내 애인이 된 것은 당신이 우리 편으로부터도 피해를 안 받기 위해서였고, 내가 당신을 내 정부로 만든 것은 당신의 능력을 확인해 보자는 것이었어.

아나스타샤 만일 내가 당신과 가지 않겠다면 어쩔 테예요?

생 클로드 (그녀를 바라보며) 그러면 당신은 어디로 가려고?

아나스타샤 신임 수상은 제 친구예요.

밖에서 만세 소리.

생 클로드 독살범과 관계를 맺는 게 이제는 그자에게 별로 유익한 게 못 될걸. 당신을 받아들일 수 있는 정치가가 이 세상에 있다면 그것은 오로지 바로 나 한 사람뿐일 거야.

아나스타샤 당신, 나를 위협하는 거군요?

생 클로드 (다시 등을 돌리며) 사업적인 관심에서지. 당신이야말로 내가 필요로 하는 재능을 가장 많이 갖고 있어.

아나스타샤는 천천히, 우아한 동작으로 그 설탕 같은 물건을 테이블의 오른쪽에 있는 찻잔에 집어 넣는다.

아나스타샤 그거야 봐야 알지요.
생 클로드 커피는 다 되었소?
아나스타샤 다 되었어요.

> 생 클로드, 탁자 앞으로 온다.

생 클로드 설탕은 들었나?
아나스타샤 아뇨.

> 생 클로드, 통에서 설탕 조각을 꺼내 오른쪽 컵에다 넣고 스푼으로 젓는다. 컵을 입으로 가져가지만 마시지는 않고 그대로 들고 있다. 아나스타샤는 그를 뚫어지게 본다. 그러더니 그녀도 잔을 내려놓는다.

아나스타샤 (머뭇거리며) 마시지 않을 거예요?
생 클로드 누가 먼저 설탕을 넣었어?

> 그는 땀을 닦아 낸다.

생 클로드 커피는 시내에서 마시는 게 좋겠군. 여보, 당신 운이 좋았어. 그래 봤자 당신에겐 아무 득이 없었을 테니. 당신과 함께 도망가려던 그 은행가는 그날 밤에 체포될 거야. 그는 거액의 돈을 횡령했지. 그러고 보면 나도 꽤 신중한 조처를 취해 놓았다는 걸 알았을 거야. 자, 이브닝 드레스를 입어요. 떠나야 하니까. 내 차나 한 대 구해 갖고 오리다.

> 아나스타샤, 왼쪽으로 퇴장한다.

생 클로드 이렇게 해서 그 여자는 자기 방으로 돌아갔습니다. 나는 한 번 웃고, 무서움에 떨면서 내 커피를 바라보았습니다. 그러곤 테이블 저쪽 켠에 있는 그녀의 잔을 집어 마셨습니다. (그는 실제로 그렇게 한다) 나는 그 여자를 알지요. 독이 든 커피는 손도 대지 않은 채 그대로 남아 있습니다. 내가 항구 거리의 어떤 주차장에서 새로 깨끗하게 래커 칠이 된 차를 한 대 훔쳐냈을 때, 주차장 지기들은 모두 거국적인 축제에 달려가고 없었지요. 여러분들께서도 여학생들의 합창 소리를 들으실 겝니다. 조금 전에는 피리 소리도 들렸지요. 곧 교향곡 9번이 시작될 것입니다. 그때 내가 세계 어디에선가 혁명을 끝내 완수하리라는 희망에 들떠서 정원으로 해서 돌아오는 길에 사과나무와 사이프러스나무 뒤에 숨어 있는 세 사나이를, 정말 그들은 허술하게 숨어 있었는데도, 주의해서 그냥 지나치지만 않았더라도 저는 이 쓸모 있는 인간, 바빌론의 창녀와 함께 온 세상을 발 밑에 거느리게 되었을 겁니다.

그는 오른쪽 창으로 해서 사라진다. 그러나 방이 비는 것은 한 순간뿐, 오른쪽 후면의 문으로 미시시피가 들어온다. 위풍당당한 흑색 법의를 입고 있다. 티테이블로 다가가 아나스타샤의 빈 잔을 보고 커피를 채운다. 그러고는 법의를 들치고 조그마한 금빛 상자를 꺼내서 연다. 그 다음의 일은 짐작하기 쉬우리라. 그는 거기에서 각설탕처럼 생긴 것을 꺼내서 테이블 저편, 아나스타샤의 잔에 넣는다. 모든 것을 아주 간단히 우아하게 처리한다. 이제 왼쪽에서 아나스타샤가 타오르는 듯한 붉은 이브닝 드레스를 입고 나온다. 미시시피를 보자 꼼짝 못하고 굳어진다.

미시시피 (허리를 굽혀 보이며) 부인!
아나스타샤 (마침내) 플로레스탄!
미시시피 그냥 폴이라고 불러요. 이제 세상이 다 내 이름을 알게 되었으니.
아나스타샤 당신이 이리로 오시다니, 당신, 정신 나갔어요?
미시시피 영원히 없어지기 전에 아내를 한 번 보려는 게 미친 짓이오? 정신병원에서는 두 번 다시 도망칠 수 없는 거요. 앉지 않겠소?

아나스타샤는 머뭇거린다.

미시시피 5년 전 처음 알게 되었을 때, 우리는 커피를 마셨지. 그런데 작별을 하는 지금도 같은 일을 하려는구려. 장소도 같고. 그러나 섭섭하게도, 정말 유감스럽게도 굉장히 변했어. 양탄자는 없어지고, 사랑의 여신상은 알아볼 수조차 없고, 루이 14·15세식 가구들은 부서지고. 다행히도 이 비더마이어식 티테이블만은 그대로 깨끗이 남아 있구먼.

아나스타샤는 왼쪽에, 미시시피는 오른쪽에 각각 앉는다.

미시시피 설탕 좀 이리 주겠소?

그녀는 설탕을 건네 준다.

미시시피 고맙소. 빨리 기운을 좀 차려야겠소. 도망치느라 얼마나 애를 먹었던지……. 그런데 테이블에 두 사람분의 찻잔이 있는데, 누구를 식사에 초대했소?

아나스타샤 당신을 기다렸어요.

미시시피 내가 오리라는 걸 알았소?

아나스타샤 어쩐지 그럴 것 같았어요.

미시시피 그러면 그 굉장한, 대담하기까지 한 옷을 나 때문에 입었단 말이오?

아나스타샤 네, 당신을 맞이하려고.

미시시피 그런 옷을 입은 걸 본 적이 없는데.

아나스타샤 프랑수아가 죽던 날 입었었어요.

　그녀는 초상화를 바라본다.

미시시피 나도 우리의 이별을 위해 위엄 있게 차려 입었다오. 이렇게 법의를 말이오. (노려보며) 커피 마시지 않겠소?

아나스타샤 마시겠어요. 몸에 좋을 거예요. (마신다)

미시시피 (숨을 내쉬며) 우리는 5년 동안 결혼생활을 했소, 여보. (그도 커피를 마신다) 이런, 설탕이 너무 많이 들어갔군.

아나스타샤 나는 당신이 요구하는 건 무엇이든지 했어요. 죄수들을 찾아봤고, 그들을 위로했으며, 그들이 죽어가는 것을 지켜 보았어요. 내가 왜 그렇게 해야 했는지를 전 잊은 적이 없었어요. 날이면 날마다 프랑수아를 생각했어요.

미시시피 나는 마드레느를 생각했소.

그도 역시 초상화를 돌아다본다. 그는 그러면서 그녀가 커피를 마시는 모습을 살피듯 지켜 본다.

미시시피 당신은 나의 정숙한 아내였소.
아나스타샤 그래요. 전 프랑수아에게 충실한 아내였듯이, 당신에게도 충실한 아내였어요.

그녀는 숨을 내쉬며 찻잔을 비운다.

아나스타샤 한 잔 더 드릴까요?
미시시피 그래 주겠소?

아나스타샤는 따른다.

미시시피 그렇다면 당신은 정말 거짓 맹세를 한 것이 아니었구려, 여보?
아나스타샤 (커피 주전자를 다시 내려놓으며) 당신은 그것 때문에 돌아오셨군요. 그것 때문에 그 무서운 법의를 입고, 나에게 그걸 물으러 온 거군요.
미시시피 그렇소. 불쌍한 설탕공장 주인의 죽음의 원인이 아직 밝혀지지 않았기 때문이오. 그래서 나는 그 마지막 심문을 하려 하오.
아나스타샤 (분연히 일어서며) 여보세요. 5년이나 희생적인 결혼생활을 하는 걸 보고서도 나를 믿지 않다니 너무하는군요!
미시시피 (그도 역시 일어나며) 나를 남편으로 보지 말고, 사랑하는 사람에게도 그 의무를 다하지 않으면 안 되는 검사로 보아 주시오. 나와 함께 살았던 시간이나, 죄수 후생사업에서의 당신의 성실한 일들은 모두 잊으시오. 결혼생활은 머리에서 떨어 버려요. 그것은 육체적으로는 지옥이었지만, 정신적으로는 천국이었소. 내가 처음 방문했던, 저 불행한 정오의 커피 시간으로 다시 돌아갑시다. 속을 털어놓아요. 어이쿠! (그는 신음한다. 그는 오른쪽 옆구리를 잡고 의자에 주저앉는다)

아나스타샤 (살피듯) 어디 아프세요?

미시시피 옆구리에 심한 통증이 오는구려. 아마 류머티즘 때문인 것 같소. 어제 사과나무 밑에 누웠을 때 감기에 걸린 게 틀림없어. (그는 일어선다) 금세 나아졌소. 심문을 계속합시다, 부인.

아나스타샤 여보, 당신의 행동을 전 이해할 수가 없어요.

미시시피 당신은 백작의 애인이 아니었다고 주장하는 거요?

아나스타샤 왜 당신이 그런 쓸데없는 의심을 하는지 모르겠어요.

미시시피 인간들에겐 언제나 나쁜 짓을 할 가능성이 있기 때문이오, 부인! 보도 백작이 고백할 때 그는 술에 취해 있었소. 술에 취한 사람은 원래 거짓말을 하지 않는 법이오.

아나스타샤 되풀이해서 말하지만, 제 옛 친구의 말은 알아들을 수도 없는, 완전히 꾸며 댄 말이었어요.

그녀는 다시 앉는다. 미시시피도 앉는다.

미시시피 당신은 내가 한 번 하지 않을 수 없었던 방법을
　　　　또 쓰도록 하는군.

　　　그는 은종을 울린다. 오른쪽에서 하녀가 나온다.

하 녀　부르셨어요?
미시시피　루크레치아, 보도 폰 위벨로에 백작이 생각나겠지?
하 녀　네. 옛 주인님이 살아 계셨을 때 집에 드나드셨어요.
미시시피　마님과 백작이 전 주인이 없을 때 입맞추는 모습
　　　　같은 거 본 적이 있나, 루크레치아?
하 녀　두 분은 늘상 입 맞추고 있었는걸요 뭐.
미시시피　이제 일을 보러 가도 돼요, 루크레치아.

　　　하녀, 오른쪽으로 사라진다.

미시시피　하녀 말을 들으니 당신은 남편 부재중에 위벨로에
　　　　차베른체 백작과 키스를 하곤 했구려. 이걸로 증거는
　　　　충분하지 않을까요, 부인?
아나스타샤　나는 죄가 없어요. 나를 못 믿겠으면 경찰을 부
　　　　르세요.
미시시피　경찰은 나를 미친 걸로 알고 있으니 내 말을 믿지
　　　　않을 거요. 내 전처를 독살했다는 나의 고백도 그들은
　　　　웃음으로 받아넘겼소. 그러니 당신과의 이 싸움은 혼자
　　　　해 내는 수밖에 없겠소.
아나스타샤　당신이 나를 못 믿겠다면 저로서도 어쩔 수 없
　　　　어요.

미시시피 사람이 믿지 않아도 될 만큼 다른 사람을 안다는 것은 불가능한 일이오. 나에게는 그것 이상으로 문제가 있소. 나는 당신이 거짓 맹세를 하지 않았다는 것을 알아야겠소. 그것은 법 자체의 문제이기도 하오. 법의 이름으로 우리의 결혼이 이루어졌소. 당신을 개조하는 일이 나에게 이루어지지 않았고, 나에게 남겨진 단 한 사람 당신이 이 5년 동안 그냥 개심한 척 해 본 것에 지나지 않았고, 당신의 죄가 내가 알고 있는 것 이상으로 크고, 누구도 당신 내심의 깊숙한 곳까지 이르지 못했다면, 그것은 무의미하오. 나는 당신이 이제 무엇인지를 알아야겠소. 천사인지, 그렇지 않으면 악마인지.

아나스타샤 (일어서며) 당신은 알 수 없어요. 단지 믿을 수밖에.

_{밖에서 제9번 교향곡의 초두, 반주음으로서가 아니라, 가다가다 아주 짤막하게 몇 박자씩 이어지는 식으로 들려 온다.}

미시시피 (역시 일어선다) 당신이 입에 담기에 신성하다고 생각되는 말, 혹은 저주될 말, 단 한 마디를 해 주오, 부인?

아나스타샤 하늘에 맹세해요. 나는 사실대로 말했어요.

미시시피 (한동안 사이를 두었다가 조용히) 지금이 당신의 마지막 순간이라 해도 당신은 역시 사실대로 말한 거요?

아나스타샤 (미심쩍은 듯) 무슨 뜻이죠?

미시시피 죽음이 곧 다가와도 그게 사실이라고 말하겠는가 말이오?

정적.

아나스타샤 (살피듯) 당신은 저를 죽이겠어요?

> 그녀는 갑자기 오른손으로 오른쪽 옆구리를 누른다. 그리고 천천히 의자에 앉는다.

미시시피 증세를 느끼지 못하오? 정상적이라면 곧 멈춰질 거요. 그리고 잠시 후 아무 고통 없이 죽음이 오는 거요.

아나스타샤 (벌떡 일어서며) 나한테 독을 탔군요?

미시시피 당신이 마신 커피 속에는 독이 들어 있었소. 당신이 당신의 프랑수아를, 내가 내 처 마드레느를 독살한 바로 그 독약이.

아나스타샤 커피에?

미시시피 그래요. 그러니 정신 차려요, 부인. 우리는 이제 우리 결혼의 종말에 와 있는 거요. 당신은 죽기 직전이오.

> 아나스타샤는 넘어지려 한다.

아나스타샤 본젤 박사에게 가겠어요!

미시시피 (그녀를 껴안으며) 세상의 어떤 의사도 이제는 소용없다는 것을 당신은 알 거요.

아나스타샤 살고 싶어요. 살고 싶어요!

미시시피 (거인처럼 포옹하며) 당신은 죽어야만 하오!

아나스타샤 (흐느끼며) 왜, 왜 그런 짓을 했어요?

미시시피 사실을 알려고!

아나스타샤 사실대로 말했어요.

미시시피는 그녀의 어깨를 잡고 그녀를 무대 오른쪽에서 왼쪽으로 밀고 간다.

미시시피 당신은 프랑수아만 사랑했단 말이오?

아나스타샤 그 사람만을 사랑했어요.

미시시피 한 번도 다른 사나이가 당신을 범한 적이 없단 말이지? 한 번도 간통한 사실이 없단 말이지?

아나스타샤 그런 적 없었어요.

미시시피 입고 있는 이 옷은 뭐야? 누굴 위해 이런 옷을 입었소? 누굴 기다렸어?

아나스타샤 당신을 기다렸어요. 당신만을!

미시시피 당신은 죄수들에게 가곤 했고, 죄수들이 그들의 머리를 단두대에 얹는 것을 보아 왔어. 이젠 당신도 죽은 것과 마찬가지야. 하늘에 맹세하지 말고 이 죽은 자들에게 맹세해!

아나스타샤 맹세해요!

멀리서 9번 교향곡의 합창 소리! 환희여, 아름다운 신(神)의 불꽃이여!

미시시피 법률에다 대고 맹세해! 내가 30년이나 그 이름으로 살인을 했고, 내 손을 피로 물들였고, 언제나 공포로 내 영혼을 절망케 했던 그 법, 법에다 맹세해!

아나스타샤 (헐떡이며) 법에다가도 맹세해요!

미시시피 당신의 생명이 꺼져 가는 것이 느껴진다. 내 팔

안에서 당신의 육신이 점점 무겁게 매달리는구나. 천천히 당신 얼굴이 돌처럼 굳어가는구나. 당신은 아름다웠지. 그런데 당신의 아름다움이 이제 재로 변한다. 그러나 영혼마저도 재로 변해서야 되겠는가? 그러니 당신의 영혼에 대고 맹세해! 당신 영혼의 불멸에 걸고!

아나스타샤 제 명복, 제 영혼의 불멸에 걸고 맹세해요!

그녀는 땅에 쓰러지고, 그 위에 미시시피가 쓰러진다.

미시시피 그렇다면 법은 무의미하지 않단 말이지? 내가 사람을 죽여 온 건 무의미하지 않단 말이지? 산처럼 쌓여 결국 죽음의 트럼펫 소리로 압축되는 이 전쟁, 이 혁명도 무의미하지 않단 말이지? 벌을 받으면 인간은 개조된단 말이지? 그렇다면 최후의 심판도 의미가 있단 말이지?

아나스타샤 나는 진실을 말했을 뿐이에요.

미시시피 당신을 껴안으니 이제 무섭게 차구나. 네 눈은 이제 무한을 향해 열려 있구나. 신의 면전에서까지 거짓말을 해야 무슨 소용이 있단 말인가? 이 순간 이제 다른 세계로 넘어가는 순간에까지도 거짓말을 할 정도로 당신은 타락했단 말인가?

아나스타샤 맹세해요, 맹세해.

그녀는 꼼짝 않고 누워 있다. 창문으로 생 클로드가 올라온다.

생 클로드 무슨 일인데, 폴?

미시시피 (천천히) 루이!

생 클로드 이젠 정신병원에 있지 않나?

미시시피 다시 한 번 돌아왔지.

생 클로드는 티테이블로 나와 미시시피와 아나스타샤의 잔을 들여다본다.

생 클로드 자네 부인인가?

미시시피 내가 죽였네. (일어난다)

생 클로드 왜?

미시시피 진실을 알려고.

생 클로드 그래 알았나?

미시시피는 천천히 티테이블로 간다. 다시 손으로 오른쪽 옆구리를 잡는다.

미시시피 내 아내는 거짓말을 하지 않았네. 그 여자는 간통하지 않았어.

그는 천천히 왼쪽 의자에 앉는다. 생 클로드, 아나스타샤를 바라본다.

생 클로드 그걸 알기 위해 아내를 죽여야만 했나?

미시시피 그 여자는 나의 전 세계였네. 내 결혼은 무서운 실험이었네. 나는 세계를 얻으려고 싸웠고, 승리했네. 사람은 죽으면서까지 거짓말은 못하는 법이야.

생 클로드 그 여자가 거짓말을 할 수 있었다면, 그 여자 앞에서 모자를 벗어야겠군. 그러면 그 여자는 성녀(聖女)라고 할 수 있을 테니.

미시시피 저 여자는 내게 주어진 단 한 사람이었네. 루이!
  이제야 나는 내가 저 여자를 사랑한다는 걸 알았네.
생 클로드 그건 대단한 일인데.
미시시피 그러나 나는 이제 지쳤어, 몸이 떨리네. 가스등불
  밑에서 나는 성경을, 자네는 ≪자본론≫을 읽던 우리의
  젊은 시절의 추위가 다시 느껴지네.
생 클로드 그때까진 그래도 좋은 때였어, 폴!
미시시피 그때가 우리들의 가장 좋은 때였지, 루이! 우리는
  동경과 거친 꿈으로 가득 차서 보다 나은 세계를 위한
  희망에 열을 내었어. (일어나며) 몸이 무겁네. 나를 방으
  로 좀 데려다 주게.

  생 클로드, 그를 부축한다.

미시시피 (갑자기 미심쩍은 듯) 그런데 자네는 뭣하러 왔나?
생 클로드 자네에게 작별이나 하려고.
미시시피 내가 여기 있다는 걸 알았나?
생 클로드 정신병원에 갔더니 없더군.
미시시피 (웃으며) 띠나러나?
생 클로드 포르투갈로, 나는 다시 처음부터 시작해야겠네.
미시시피 우리는 언제나 처음부터 다시 시작해야만 하네.
  우리는 진짜 혁명가지. 나도 자네와 함께 도망가겠네.
  어떻겠나?
생 클로드 우리는 한 몸이야.
미시시피 그래서 우리는 갈보 집을 차리는 거야. 나는 수위

로, 자네는 포주로 안팎살림을 맡고 해 나가는 거지. 하늘과 지옥이 갈라져도 우리는 동요하는 이 세계 한가운데다 정의의 깃발을 꽂으세.

그는 갑자기 넘어진다. 생 클로드는 그가 오른쪽 의자에 미끄러지도록 부축해 준다.

미시시피 피곤하고 어지럽네. 자네가 그림자같이 보여. 점점 희미해지네. (탁자 위로 꼬꾸라지며) 나는 포기하지 않아. 모세의 율법을 다시 펼쳐 보겠어.

정적. 밖에서 성당의 종소리가 울려오기 시작한다. 생 클로드가 미시시피를 흔든다. 그러곤 잔을 집어 마루 위에 던지고, 아나스타샤의 잔도 던져 버린다. 은종을 울린다. 오른쪽에서 레인코트를 입고, 팔에 완장을 두른 세 사나이가 오른손을 주머니에 넣은 채 등장한다.

첫째 사나이 하녀 대신에 우리가 온 것을 용서하시오.
생 클로드 무슨 일이오?
첫째 사나이 당신에게 사형선고가 내려졌소. 생 클로드! 손을 머리 위로 드시오!

생 클로드 묵묵히 명령에 따른다.

첫째 사나이 자, 창 사이로!

생 클로드는 가라는 쪽으로 간다.

첫째 사나이 벽으로 돌아섯! 그게 제일 간단해요.

생 클로드, 벽으로 몸을 돌린다. 종소리 사라지고, 총성이 한 발

울린다. 생 클로드 그대로 서 있다. 레인코트의 세 사나이 오른쪽
으로 퇴장. 생 클로드는 몸을 돌린다.

생 클로드 이렇게 해서 그들은 내 몸에 총알을 박았습니다.
  벌써 알고 계시지요?

그는 오른쪽에 앉는다.

미시시피 (다시 일어나며) 그렇게 우리들, 형리이며 동시에
  제물인 우리는 우리 자신이 해놓은 일로 인해 파멸되었
  던 것입니다.
장 관 (오른쪽 창문에 나타난다) 그러나 나는, 오직 권력만을
  추구하는 나는, 세계를 껴안습니다.

아나스타샤, 몸을 일으켜 장관에게로 간다. 장관이 그녀를 포옹한다.

아나스타샤 나는 죽음을 통해서도 변치 않는 창부랍니다.
생 클로드 그러나 우리는 여기 폐허에서 죽든,
미시시피 희게 회칠한 담벼락에 기대 죽든, 천천히 무너져
  내리는 화형장의 장작더미 위에서 죽든, 교통사고로 몸
  이 찢겨 죽든, 하늘 땅 어디에서 죽든,
생 클로드 우리는 언제나 다시 돌아옵니다. 언제나 돌아왔
  듯이.
미시시피 언제나 새로운 모습으로, 멀어져 간 낙원을 그리
  워하며,
생 클로드 그대들 가운데서 언제나 새로이 쫓겨나는 존재로
미시시피 그대들의 무관심으로 먹고 살며

생 클로드 그대들의 동지애를 목말라 하며
미시시피 우리는 그대들의 세계를 휩쓸어 버린다오.
생 클로드 숨이 차서 헐떡이고, 힘찬 날개 퍼덕이며
미시시피 그대들을 가루로 바수는 맷돌을 돌린다.

> 왼쪽 창문에 위벨로에가 나타난다. 머리에 쭈그러진 양철 대야를
> 쓰고, 구부러진 창을 잡은 돈 키호테의 모습인데, 구부러진 창끝은
> 오른쪽 창문으로 뻗어 있다. 빙빙 도는 풍차의 그림자가 보인다.

위벨로에 몬티엘 평원 위에 넓게 퍼지는
    아침 안개 속에서
    그대 몸을 드는가?

    팔을 빙빙 돌리며, 그대 거인이여
    머리 내미는가?
    밤을 떠나
    맞은편 카타라니 산맥을 넘어
    떠오르는 햇빛 속에

    나를 보라 풍차여,
    네 핏방울 돋는 날개로
    져며진 인간들로 배 채우며
    입맛 다시는 그대 거인이여!

    망사의 돈 키호테를 보라.

술 취한 여관 주인은
기사 칭호를 주었고
토보소의 천한 계집을 사랑했지.
때로는 매맞고

때로는 조소받아도
네게 덤비는

좋다! 덤벼라
쏜살 같은 손으로, 우리들을,
군마와 사람, 가련한 우리들을
들어올릴 때,
네가 어스름 은빛 유리의 하늘로
우리들을 내동댕이칠 때.
나는 내 노한 말을 타고,
네 거대한 몸체를 넘어
불타는 무한의 심연 속으로 돌진하노니

영원의 희극이여
주(主)의 영광 빛나리
우리의 무기력으로 살찌우며.

서서히 막이 내린다.

로물루스 대제

Romulus
der GroBe

⊠ 장소와 나오는 사람들

나오는 사람들
로물루스 아우구스투스(서로마제국의 황제)
율리아(그의 부인)
레아(그의 딸)
이사우리에르의 제노(동로마제국의 황제)
에밀리안(로마의 귀족)
마레스(국방장관)
툴리우스 로툰두스(내무장관)
스푸리우스 티투스 맘마(기병대장)
아킬레스(시종)
피라무스(시종)
아폴리온(골동품 상인)
케사르 루프(실업가)
필락스(배우)
오도아케르(게르만족의 족장)
테오도릿히(오도아케르의 조카)
포스포리도스(시종)
술프리데스(시종)
그리고 기타 요리사, 하인들, 게르만인들 등등

때
서기 476년 3월 15일 아침부터 16일 아침까지

곳
캄파니아에 있는 로물루스 황제의 별장

제 1 막

서기 476년 3월의 어느 날 아침, 기병대장 스푸리우스 티투스 맘마가 지쳐 다 죽게 된 말을 타고 캄파니아에 있는 황제의 여름 별장에 도착한다. 황제는 겨울도 이곳에서 보내고 있다. 스푸리우스는 말에서 뛰어내린다. 몸은 진흙투성이인데다가 몹시 지쳐 비틀거리며, 왼팔에는 피가 밴 붕대를 감은 채, 꼬꼬댁거리는 닭 떼를 쫓으면서 급히 뛰어든다. 아무도 보이지 않자 직접 별장으로 들어가 이윽고 황제의 집무실로 들어선다. 첫눈에 이곳도 황폐하고 텅 빈 듯한 느낌을 준다. 다만 다 쓰러져 가는 반쯤 부서진 의자가 몇 개 있을 뿐이고, 벽에는 로마 역대의 정치가, 사상사, 문학가들의 흉상들이 늘어서 있을 뿐이다. 이 흉상들은 모두 지나칠 정도로 근엄한 표정들을 하고 있다.

스푸리우스 티투스 맘마 여보시오! 여보시오!

아무 반응이 없다. 그러나 스푸리우스는 마침내 문의 좌우에 석상처럼 꼼짝 않고 서 있는 백발의 두 늙은 시종을 발견한다. 이들 시종 피라무스와 아킬레스는 로마제국에 봉직하면서부터 쭉 이 자세로 서 있는 것이다. 스푸리우스는 어리둥절해서 그 둘을 바라본다. 그들의 근엄한 표정에 억압되어 약간 질린다.

스푸리우스 티투스 맘마 여보시오!
피라무스 조용히, 젊은 양반.
아킬레스 그래 젊은 양반, 당신은 도대체 뉘시오?
스푸리우스 티투스 맘마 기병대장, 스푸리우스 티투스 맘마요.

피라무스 용건은?
스푸리우스 티투스 맘마 황제폐하께 아뢸 말씀이 있소.
아킬레스 면회 신청은?
스푸리우스 티투스 맘마 그런 형식을 찾을 시간이 없소. 파비아에서 흉보를 가지고 왔소.

두 시종은 생각에 잠겨 서로 바라본다.

피라무스 파비아에서 온 흉보라…….
아킬레스 (머리를 흔들며) 파비아 같은 하찮은 도시에서 무슨 큰 흉보가 올 게 있겠소?
스푸리우스 티투스 맘마 로마대제국이 무너지고 있단 말이오! (그는 그 두 사람의 태연자약한 태도에 아연실색하며, 어쩔 줄을 모른다)
피라무스 있을 수 없는 일.
아킬레스 (고개를 저으며) 로마 같은 대기업이 완전히 무너진다는 것은 절대로 있을 수 없는 일이오.
스푸리우스 티투스 맘마 게르만족이 쳐들어오고 있단 말이오!
아킬레스 게르만족은 이미 500년 전부터 쳐들어오고 있다오, 스푸리우스 티투스 맘마.

기병대장은 시종 아킬레스의 멱살을 붙잡고 썩은 기둥 처럼 흔들어 댄다.

스푸리우스 티투스 맘마 황제 폐하께 급보를 전하는 것이 나의 임무요! 그리고 대지급으로 급하단 말이야!

아킬레스 우리는 문화적 몸가짐에 저촉되는 애국심이란 바람직한 것이 못 되는 것으로 본다오.

스푸리우스 티투스 맘마 오, 맙소사! (맥이 빠져 아킬레스는 놓아 준다)

피라무스 (그를 달래며) 젊은 양반, 길이 있긴 있소, 우선 의전실장한테로 가시오. 거기서 면회 신청과 명부에 이름을 써넣고, 내무장관한테 가서 중요한 소식을 폐하께 전하는 데 대한 승인을 요청하기만 하면 며칠 안으로 급보를 전할 수 있을 게고, 아마 잘하면 황제를 개인적으로도 만나 뵐 수가 있을 거요.

스푸리우스 티투스 맘마 불행한 로마여! 이 두 명의 얼빠진 문지기 시종들 때문에 네가 망하는구나! (절망해서 왼쪽으로 뛰어나간다.)

아킬레스 해가 갈수록 예의범절이 땅에 떨어져 가니 몸서리쳐지는 일이야.

피라무스 우리의 가치를 모르는 놈은 로마의 무덤을 파는 놈이지.

문 양쪽에 서 있는 시종들 사이로 로물루스 아우구스투스 등장한다. 자주색 토가에 머리에는 황금 월계관을 쓰고 있다. 50을 넘은 나이. 조용한 태도에 유쾌하고 밝은 표정이다.

피라무스와 아킬레스 평안하셨나이까, 황제폐하.

로물루스 잘들 잤느냐? 오늘이 3월 15일인고?

아킬레스 그러하옵니다, 폐하. 3월 15일, 케사르의 날이옵니다. (재삼 허리를 굽힌다.)

로물루스 그럼 역사적인 날이구나. 법률에 의하면 이날에는 이 제국에 봉직하고 있는 전체 관료들에게 급료를 주게 되어 있지. 전부터 전해 내려오는 미신으로, 황제가 피살되는 것을 막기 위해서지. 재무장관을 불러라.

아킬레스가 황제의 귀에 무언가 속삭인다.

로물루스 도망을 갔다고?
피라무스 예. 국가의 금고도 가지고 도망갔사옵니다.
로물루스 왜? 그 속에는 아무것도 들은 게 없을 텐데.
아킬레스 그런 식으로 국가재정의 파탄을 감추려 했다 하옵니다.
로물루스 똑똑한 사람이로다. 무릇 큰 스캔들을 감추려 하는 사람은 자그마한 스캔들을 따로 하나 연출하는 게 상책인 것이지. 그에게 조국의 수호자란 칭호를 주도록 해야겠다. 지금 어디 있느냐?
아킬레스 시라쿠스에 있는 어느 주류회사의 지배인 자리를 얻어 가지고 갔다 하옵니다.
로물루스 이 충직한 관리가 국가의 관직에서 얻은 손실을 사사로운 장사로 메우려 하니 성공만을 빌 뿐이로다. 자 —.

그는 머리에서 월계관을 벗어 잎사귀 둘을 떼어 두 시종에게 준다.

로물루스 이 금잎을 세스테르츠로 바꿔 가져라. 그러나 너희가 받을 돈을 제외하고는 내게 돌려 주어야 하느니라. 그 나머지 돈은 내 제국에서 가장 중요한 인물인 요리사의 봉급으로 충당할 돈이니까.

피라무스와 아킬레스 분부대로 거행하겠사옵니다, 폐하.

로물루스 내가 등극할 때는 서른여섯 개의 황금 잎이 이 월계관에 달려 있었지. 이 황제의 위력을 상징하는 월계관에⋯⋯. 그랬는데 이젠 겨우 다섯 잎이 남았을 뿐이로구나.

그는 감회에 차서 월계관을 들여다보다가 다시 머리에 쓴다.

로물루스 아침 밥상을 올려라.

피라무스 조찬이라고 하셔얍지요.

로물루스 아침 밥상이야. 내 집에선 내가 쓰는 말이 바로 가장 고상한 용어가 된다는 걸 모르나?

피라무스, 아침밥이 준비된 조그마한 식탁을 가지고 나온다. 소시지와 빵, 스파르겔, 술, 그리고 우유가 담긴 컵 하나와 잔에 담긴 달걀 등이 놓여 있다. 아킬레스가 의자를 가져온다. 황제가 앉아 달걀을 식탁에 두드린다.

로물투스 아우구스투스는 알을 낳지 않았는가?

피라무스 낳지 않았습니다.

로물루스 티베리우스는?

피라무스 율리에르도 낳지 않았습니다.

로물루스 풀라비에르는?

피라무스 도미티안이 낳은 것이 하나 있습니다. 그런데 폐하께서는 그놈이 낳은 알은 절대로 안 잡수시지요?

로물루스 도미티안은 못된 황제였어. 암만 많이 낳아 봐라. 내가 먹나.

피라무스 분부대로 하겠습니다. 폐하.

로물루스 (숟가락으로 알을 내며) 이 알은 누가 낳았는고?

피라무스 전처럼 마르크 아우렐이 낳았습니다.

로물루스 쓸 만한 닭이로다. 다른 황제들은 아무 짝에도 쓸모가 없단 말이야. 그 밖에 또 누가 낳았는고?

피라무스 오도아케르가 있습니다. (그는 좀 난처해 한다.)

로물루스 그래?

피라무스 네. 그것도 두 개씩이나요.

로물루스 대단하구나. 그런데 내 이름을 가진 암탉에 대해서 보고할 건 없느냐?

피라무스 그놈은 우리가 기르고 있는 닭들 중에서 가장 고상하고 기품 있는 놈입니다. 로마 양계업계의 최고품이지요.

로물루스 그래 그 고상한 놈은 알을 낳았는가?

피라무스는 아킬레스에게 도움을 청하는 눈길을 보낸다.

아킬레스 폐하, 그건 저 거의…….

로물루스 거의라니? 무슨 소리냐? 닭이란 알을 낳거나 안 낳거나 둘 중의 하나지.

아킬레스 아직 낳지 않았습니다.

로물루스 (단호하게 손짓을 하며) 전혀 못 낳는다는 소리로구

나. 하지만 그렇게 쓸모 없는 놈들도 프라이팬에는 소용이 되지. 앞으로는 내 아침 밥상에 오도아케르의 알을 쓰도록 해라. 내가 전적으로 호의를 가지고 있는 닭이야. 정말 놀랄 만큼 알을 잘 낳는 놈이거든. 게르만족에게서도 좋은 게 있으면 받아들여야지. 기왕 오기는 오는 거니까.

왼쪽으로부터 내무장관 툴리우스 로툰두스가 파랗게 질린 얼굴로 황급히 등장한다.

툴리우스 로툰두스 폐하!
로물루스 폐하는 무슨 일로 찾는고, 툴리우스 로툰두스?
툴리우스 로툰두스 경악을 금치 못할 일이옵니다! 무시무시한 일이옵니다!
로물루스 알겠소, 내무장관. 경은 2년 동안이나 급료를 못 받았지. 그런데 그것을 오늘 지불하려고 했는데, 재무장관이 국고를 가지고 그만 내빼 버렸다는구려.
툴리우스 로툰두스 폐하, 하도 엄청난 비상사태라 돈에 생각이 미칠 겨를이 있는 사람은 이미 하나도 없습니다.

황제는 우유를 마신다.

로물루스 그럼 난 또 재수가 좋군.
툴리우스 로툰두스 기병대장 스푸리우스 티투스 맘마가 보고를 올리기 위해 파비아에서 이틀 밤 이틀 낮을 쉬지 않고 달려왔습니다.

로물루스 이틀 밤 이틀 낮이라? 그건 너무했군. 그의 스포츠적 공적을 생각해서 그를 기사로 봉하겠네.

툴리우스 로툰두스 즉시 기사 스푸리우스 티투스 맘마를 황제폐하 앞에 대령시키겠습니다.

로물루스 그는 그래 피로하지도 않단 말이오, 내무장관?

툴리우스 로툰두스 그는 심신이 거의 사경에 처해 있사옵니다.

로물루스 그렇겠지, 그러니 내 집의 가장 조용한 객실로 안내하시오. 운동가도 잠을 자야 한다네.

내무장관은 흠칫한다.

툴리우스 로툰두스 하지만 폐하! 보고를……

로물루스 바로 그 때문이지. 아무리 무시무시한 소식이라도 잠 잘자고, 시원하게 목욕하고, 깨끗하게 면도하고, 잘 먹은 입에서 흘러나올 때가 역시 한결 듣기 좋게 되는 법이거든, 내일 오게 하시오.

툴리우스 로툰두스 (어쩔 줄 몰라하며) 폐하! 이건 세상을 뒤엎을 소식이옵니다!

로물루스 소식이 세상을 뒤엎는 법은 없소. 세상을 뒤엎는 것은 그 소식이 왔을 때, 이미 일이 벌어져서 더 이상 손을 쓸 수도 없게 되어 버린 바로 그런 사건들인 거요. 소식이란 그저 세상을 시끄럽게만 할 뿐이지. 그러니까 그런 것들은 되도록 멀리하는 게 상책인 게요.

툴리우스 로툰두스는 정신없이 절하고 왼쪽으로 퇴장한다. 피라무스가 큰 쇠고기 구이를 황제 앞에 갖다 놓는다.

아킬레스 골동품상 아폴리온의 알현이옵니다.

> 골동품상 아폴리온이 왼쪽으로부터 등장. 우아한 그리스식 복장.
> 절한다.

아폴리온 폐하.

로물루스 벌써 3주일째나 기다렸네, 이 골동품 장사꾼.

아폴리온 황공하옵니다. 폐하, 알렉산드리아에서 큰 경매가 있어서……

로물루스 자넨 로마제국의 재산정리보다 알렉산드리아의 경매가 더 중요하단 말인가?

아폴리온 장사는 역시 장사니까요, 폐하.

로물루스 그래서? 그래서 자네는 내게서 산 흉상들에 불만이란 말인가? 특히 키케로는 대단한 값이 나가는 물건이었는데.

아폴리온 이번 일은 좀 특별한 것이었습니다, 폐하. 현재 게르만족이 원시림 속에 세우고 있는 학교에 복사판 석고상을 5백 개 납품하는 일이었으니까요.

로물루스 맙소사. 그럼 게르만의 땅도 이젠 개화가 되고 있단 말인가, 아폴리온?

아폴리온 이성의 빛은 멈추는 법이 없는 것이옵니다, 폐하. 게르만족들이 제 고장을 개화시킨다면, 그들은 더 이상 로마제국을 범하진 않겠지요.

로물루스 (쇠고기 구이를 자르며) 게르만족이 만일 이탈리아나 갈리아로 온다면 우리가 그들을 개화시키겠지만, 그들이 게르마니아에 머물러 있다면 그들은 그들 스스로 개화할 것이네. 그게 무엇보다도 무서운 일이 되는 거지. 그래 나머지는 사겠나, 안 사겠나?

아폴리온 (물건들께를 돌아다보며) 다시 한 번 자세히 살펴보아야 하겠습니다. 원래 조각품들은 수요가 적은데다 요즈음은 권투선수 아니면 육체미 좋은 창부들의 것만 매매가 있고 해서……

로물루스 이 흉상들은 하나하나가 다 제가끔의 스타일을 지닌 것들일세. 아킬레스, 아폴리온에게 사다리를 하나 갖다 주어라.

아킬레스는 조그마한 사다리를 하나 갖다 준다. 이 그리스인은 흉상들을 하나하나 조사하느라고 사다리를 올라갔다가는 내려오고, 또 사다리를 옮겨 놓고 다시 올라가곤 한다. 오른쪽에서 황후인 율리아가 나온다.

율리아 로물루스!
로물루스 아, 당신이오?
율리아 제발 이 순간만이라도 먹는 것 좀 그쳐 주세요!
로물루스 (포크와 나이프를 내려놓으며) 당신 소원이라면 그럽시다, 율리아.
율리아 로물루스, 걱정이 되어 죽겠어요. 의전실장 애비우스가 무서운 소식이 들어왔다고 귀띔을 해 주었어요. 애비우스의 말을 꼭 믿는 것은 아니지만……. 사실 그 사람은 게르만 태생이고, 이름도 원래는 애비…….

로물루스 애비우스는 5개 국어를 구사할 수 있는 유일한 사람이지. 그는 라틴어, 그리스어, 헤브라이어, 게르만어에다 중국어까지 유창히 할 수 있단 말이야. 내 생각엔 사실 게르만어와 중국어는 그게 그것 같지만, 어쨌든 애비우스는 로마인 중에서도 따를 사람이 없을 만큼 박식한 사람이야.

율리아 여보, 당신은 그러고 보니 정말 친게르만파로군요.

로물루스 무슨 소릴. 나는 내 닭들만큼도 그들을 좋아하지 않는데.

율리아 여보!

로물루스 피라무스, 황후의 식사와 오도아케르의 첫번째 알을 가져오너라.

율리아 이 두근거리는 가슴을 좀 생각해 주세요. 병이 나겠어요.

로물루스 그러니까 앉아서 먹기나 해요.

율리아 (한숨을 쉬면서 식탁 왼쪽에 앉는다) 이젠 오늘 아침 도착한 무서운 소식이 무엇인지 말씀해 주시겠어요?

로물루스 나도 모르는걸. 그 소식을 가지고 온 전령은 지금 자고 있어요.

율리아 그럼 깨우세요, 로물루스!

로물루스 당신의 가슴이나 생각해요, 여보.

율리아 국모로서…….

로물루스 국부로서는 아마 내가 로마의 마지막 황제가 될 거요. 그런 이유로 난 벌써 세계사상 구제할 길 없는 위치를 차지하고 있는 거지. 또 불행히도 나는 매사에 손해만 본단 말이거든. 그러나 이 하나의 명예만은 빼앗기지 않을 생각이야. 즉 내가 어떤 인간의 잠도 쓸데없이 깨운 적은 한 번도 없었다는 사실은 아무도 부인할 수 없게 하고 말겠어.

오른쪽에서 황녀 레아가 등장한다.

레 아 안녕하세요, 아버지?
로물루스 오냐, 아가.
레 아 편안히 주무셨어요?
로물루스 내가 황제가 된 후로는 잠은 항상 잘 잔다.

레아가 식탁 오른편에 앉는다.

로물루스 피라무스, 공주의 식탁을 차리고 오도아케르가 낳은 두번째 알을 내오너라.
레 아 어머, 오도아케르가 벌써 알을 두 개씩이나 낳았어요?
로물루스 그런 실한 게르만은 알을 잘 낳지. 햄을 먹겠느냐?
레 아 아니오.
로물루스 쇠고기 구운 것도 있는데.
레 아 싫어요.
로물루스 생선은?
레 아 그것도 싫어요.
로물루스 포도주는? (그는 이맛살을 찌푸린다.)

레 아 싫어요.

로물루스 너 배우 필락스에게 연극을 배우면서부터 입맛을 잃었구나. 도대체 무얼 배우고 있느냐?

레 아 안티고네의 죽기 전 대사를 배우고 있어요.

로물루스 그런 케케묵은 비극은 배우지 말아라. 희극을 배워. 그편이 우리에겐 훨씬 어울리느니라.

율리아 (발끈하여) 여보, 그게 무슨 소리예요! 3년간이나 게르만의 감옥에서 고생하고 있는 약혼자를 기다리고 있는 애한테 무슨 당치도 않은 소릴!

로물루스 당신은 좀 진정하오. 우리처럼 막다른 골목에 접어든 사람들은 희극밖에는 이해할 수가 없는 게요.

아킬레스 국방장관 마레스가 폐하를 뵙겠답니다. 아주 급하답니다.

로물루스 이상하단 말이야. 내가 문학 얘기만 꺼내면 으레 국방장관이 찾아오거든. 아침식사가 끝나거든 들어오도게 해라.

율리아 국방장관께 일러요. 황실에서 만나겠다고.

아킬레스는 절하고 왼편으로 퇴장. 황제는 냅킨으로 입을 닦는다.

로물루스 당신은 또다시 지나치게 호전적이구려.

국방장관, 왼쪽에서 들어와 절을 한다.

마레스 폐하.

로물루스 기이한 일이로다. 오늘은 왜 조신들이 모두 그렇게 한결같이 파리한 얼굴을 하고 있을꼬? 내무장관도 그렇더니. 그래 무슨 일이오, 마레스?

마레스 게르만과의 전쟁 수행을 담당한 주무장관으로서 신은 폐하께서 기병대장 스푸리우스 티투스 맘마를 즉시 불러 만나 보시기를 바랍니다.

로물루스 그럼 그 스포츠맨은 아직도 자지 않는단 말인가?

마레스 황제폐하의 위험을 직시하면서도 잠을 잔다는 것은 군인으로서 있을 수 없는 일입니다.

로물루스 내 장교들의 의무감이 날 성가시게 하는군.

율리아 (발끈해서 일어서며) 여보!

로물루스 왜 그러오, 당신?

율리아 스푸리우스 티투스 맘마를 즉시 접견하세요!

그때 피라무스가 황제의 귓가에 무엇인가 속삭인다.

로물루스 여보, 소용 없는 짓이오. 게르만의 족장 오도아케르는 파비아를 함락시켰어. 아킬레스의 보고에 의하면 그의 이름을 가진 암탉이 방금 세 개째의 알을 낳았다니까. 그 정도의 일치는 아직도 자연계에 존재하거든. 그렇지 않다면 세계질서라는 게 없을 게 아니겠소?

레아는 당황해한다.

레 아 아버지!

율리아 그럴 리가 없어요!

마레스 (끼여들며) 유감스럽게도 그건 맞습니다, 폐하. 파비아는 함락되었습니다. 로마는 역사상 가장 처참한 패배를 맛보고 있는 것입니다. 기병대장은 자기의 전체 병력과 함께 포로가 되어 있는 야전사령관 오레스테스의 마지막 말을 전해 왔습니다.

로물루스 게르만의 포로가 되기 전에 우리 야전사령관이 뭐라고 말했을까는 듣지 않아도 뻔하지. 우리의 혈관이 뛰는 한, 아무도 항복하지 않겠다는 얘기 아니겠소? 그런 말은 누구나 다 하는 말이오. 기병대장에게 전하시오, 국방장관. 이젠 어서 누워서 잠이나 자라고.

<small>마레스는 묵묵히 절하고 왼쪽으로 퇴장.</small>

율리아 당신이 무슨 조처를 취해야 해요! 여보, 즉시 무슨 조처를 취하지 않으면 우린 망하는 거예요!

로물루스 이따가 오후에 군대에 내릴 포고문을 작성해 보지.

율리아 당신 군대는 한 사람도 남지 않고 게르만의 포로가 됐어요.

로물루스 좋아, 그렇다면 내 건강에 대한 코뮤니케나 발표할까?

율리아 무슨 객쩍은 소리예요!

로물루스 여보, 내게 다스리는 것 외에 무얼 또 하라고 자꾸 보채는 거요?

<small>아폴리온이 사다리에서 내려와 황제 옆으로 다가와서 흉상 중의 하나를 가리킨다.</small>

아폴리온 이 오비디우스의 흉상엔 금화 세 닢을 드리겠습니다, 폐하.
로물루스 네 닢을 주게. 오비디우스는 위대한 시인이었어.
율리아 이 사람은 또 뭐예요?
로물루스 시라크스에서 온 골동품 상인 아폴리온이오. 내 흉상들을 팔아 주지.
율리아 위대한 로마 역사의 저 유명한 시인, 사상가, 정치가들을 팔아 없애선 절대 안 돼요!
로물루스 재고품 정리를 하는 거요.
율리아 이 흉상들은 우리 아버지가 물려 주신 유일한 유물들이란 걸 생각하세요.
로물루스 당신 아버지가 물려 준 당신도 이렇게 건재하지 않소.
레 아 정말 못 참겠어!

그녀는 소리 치며 벌떡 일어난다.

율리아 레아!
레 아 안티고네 공부나 하러 가겠어요!

그녀는 오른쪽으로 퇴장한다.

율리아 보세요, 당신 딸도 이젠 당신을 이해하지 못하잖아요!
로물루스 그건 연극 공부 때문이지.
아폴리온 금화 세 닢하고 6세스테르츠를 올리겠습니다, 폐하. 제가 드릴 수 있는 최고가격입지요.

로물루스 몇 개 더 골라 보고 한꺼번에 계산하세.

아폴리온은 사다리로 다시 올라간다. 왼쪽에서 내무장관이 급히 등장한다.

툴리우스 로툰두스 폐하!

로물루스 또 무슨 일인가, 툴리우스 로툰두스?

툴리우스 로툰두스 동로마제국의 황제 이사우리에르의 제노가 피난처를 구하고 있습니다.

로물루스 이사우리에르의 제노가? 그럼 콘스탄티노플도 안전하지 못하단 말인가?

툴리우스 로툰두스 이젠 이 세상에서 안전한 사람은 하나도 없나이다.

로물루스 도대체 어디 있는고, 그는?

툴리우스 로툰두스 대기실에 있사옵니다.

로물루스 시종 술프리데스와 포스프리도스도 데리고 왔던가?

툴리우스 로툰두스 같이 도망 올 수 있었던 것은 그 둘뿐이었다 합니다.

로물루스 그 둘을 문 밖에 세워 두었다면 들어와도 좋다고 하시오. 비잔티움의 시종들은 너무 격식을 찾는단 말이야.

툴리우스 로툰두스 알겠습니다, 폐하.

왼쪽에서 제노가 급히 등장한다. 서로마 황제 로물루스보다 훨씬 값지고 우아한 복장을 하고 있다. 가련한 모습으로 문에 나타나던 두 시종은 마지막 순간에 피라무스와 아킬레스에 의해 밖으로 밀려나간다.

제 노 문안드립니다. 형제국의 황제폐하.
로물루스 안녕하셨소?
제 노 황후마마께옵서도 안녕하십니까?
율리아 안녕하십니까, 형제국의 황제폐하.

> 서로 포옹. 제노는 광명처를 구하는 동로마제국 황제의 위치로 되돌아간다.

제 노 청컨대 도움을 비나이다. 만유의 태양 같으사……
로물루스 망명처를 구하는 황제에게, 규정되어 있는 비잔티움의 그 형식적인 길고 긴 시구를 읊어 달라는 요구는 하지 않겠습니다, 제노 황제.
제 노 내 시종들을 기만하고 싶지 않소이다.
로물루스 내가 그들은 들어오지 못하게 했소.
제 노 쭉 그렇게 하실 겁니까?
로물루스 그럴 거요.
제 노 그거 썩 잘 하셨소이다. 시종들이 보지 못한다면 오늘은 그 매일 하는 사설들을 되풀이하지 않아도 되겠군요. 이젠 아주 지쳐 버렸습니다. 콘스탄티노플을 떠난 이래 정치적으로 좀 힘이 있다고 생각되는 사람들 앞에서는 하루에도 서너 번씩이나 그 장장 2천 구나 되는 '청컨대 도움을 바라나이다' 하는 사설을 외워야 했으니까요. 이젠 목소리까지 완전히 쉬어 버렸습니다.
로물루스 앉으시오.
제 노 고맙소. (편히 식탁에 앉는다)

피라무스가 시중 든다.

피라무스 이제 도미티안이 낳은 알밖에 없는데요.
로물루스 이런 땐 그게 제일 적당한 거야.
제 노 사실 우리는 7년간이나 서로 싸웠죠. 우리 공동의 적인 게르만의 위협이 그저 쌍방의 군사적 큰 충돌을 막은 셈이라고나 할까요. (하다가 자기 발언에 당혹해한다.)
로물루스 전쟁? 거기에 관해선 난 조금도 아는 바가 없는데.
제 노 왜 저희가 달마티아를 빼앗지 않았습니까?
로물루스 그럼 그게 전엔 우리땅 이었던가?
제 노 마지막으로 로마를 분할할 때 당신 것으로 판결 났던 곳이죠.
로물루스 황제인 우리끼리 얘기지만, 난 세계 정세엔 이미 오래 전부터 소경이나 다름없다오. 그런데 콘스탄티노플은 왜 떠나게 되었소?
제 노 우리 빙모 베리나가 게르만과 결탁해서 날 밀어냈다오.
로물루스 이상한 일이군. 당신은 게르만하고는 배짱이 맞는 줄 알았는데.
제 노 로물루스! (비위가 좀 상했다)
로물루스 내가 비잔티움 황실의 복잡하기 짝이 없는 관계에 관해서 보고받은 바에 의하면 당신은 아들을 황제의 자리에 앉히기 위해서 그들과 손잡은 것으로 알고 있었는데.
율리아 여보!
제 노 게르만이 우리 두 양 제국에 밀어닥치고 있소. 제방은 크든 작든 간에 터진 것이니, 우리가 더 이상 분열해서 서로 싸울 수는 없지 않습니까? 그런 사소한 혐오감 때문에 싸우는 그런 격에 넘치는 일이 우리 두 제국 사이에 있어서는 안 되겠습니다. 우리는 지금 우리의 문화를 구해 내야 합니다.

로물루스 문화라는 게 인간이 구해 낼 수 있는 거겠소?

율리아 로물루스!

그 동안 골동품상은 몇 개의 흉상을 가지고 다가온다.

아폴리온 그라쿠스 상 두 개와 폼페이우스, 스키피오, 카토 상을 모두 합해서 금화 두 닢과 8시스테르츠를 내겠습니다.

로물루스 세 닢은 내야 해!

아폴리온 좋습니다. 그 대신 마리우스와 줄라를 덤으로 가져가겠습니다.

다시 사다리로 기어오른다.

율리아 여보, 제발 부탁이니 저 골동품상을 당장 쫓아내세요.

로물루스 여보, 그럴 순 없소. 닭 모이 값도 아직 못 물고 있단 말이오.

제 노 놀랍습니다. 이곳에선 게르만족이 지닌 세계적 위험성의 전모를 그렇게 요원하도록 파악 못하고들 계시다니……. (신경질이 나서 손가락으로 테이블을 토닥거린다)

율리아 그건 제가 늘 하는 소리랍니다.

제 노 게르만이 승승장구하는 건 물질적인 면만으로는 설명할 수 없습니다. 더 깊은 곳을 보아야 해요. 우리의 도시들은 항복을 하고, 군사들은 도망을 쳤습니다. 우리가 스스로를 의심하고 있기 때문에 백성들도 우릴 더 이상 믿지 않습니다. 정신을 차려야 합니다, 로물루스. 우린 우리의 역사상의 위대한 인물들, 케사르, 아우구스투스, 트리앙, 콘스탄티누스 등을 상기해야 합니다. 우린 우리 자신에 대한 굳건한 믿음과 세계 정세에 있어서의 우리 위치의 중요성에 대한 믿음을 갖지 않는다면 멸망하고 말 것입니다.

로물루스 좋소, 믿읍시다.

조용하다. 모두 경건한 자세로 앉아 있다.

제 노 믿으시겠습니까? (그러나 확신이 가지 않는 표정이다)
로물루스 반석같이.
제 노 우리 선조들의 위대성도?
로물루스 그렇소, 우리 선조들의 위대성도.
제 노 우리의 역사적 사명도 믿겠습니까?
로물루스 믿겠소이다. 우리의 역사적 사명도.
제 노 그러면 우리 율리아 황후께서도 그렇게 믿겠습니까?
율리아 전 늘 그렇게 믿어 왔어요.
제 노 (안심이 되어) 훌륭한 느낌이 들지 않습니까? 확실히 이 방이 갑자기 긍정적인 분위기로 바뀐 느낌입니다! 이게 역시 최고로 중요한 거죠!

세 사람 모두 신념을 가진 자세로 앉아 있다.

로물루스 자, 이제 그럼 어떡하죠?

제 노 무슨 말씀을 하시려는 것인지……?

로물루스 우린 이제 믿음을 가졌습니다.

제 노 그게 중요한 것이죠.

로물루스 이젠 무얼 어떻게 해야 하느냐는 겁니다.

제 노 그건 중요한 게 아니죠.

로물루스 우린 이런 정신상태를 가지고 있는 동안에도 무언가 해야 할 것 아니오?

제 노 그건 저절로 다 풀리게 마련입니다. 우리는 게르만들이 내건, '자유와 노동제도를 위해서'라는 구호에 대항할 수 있는 아이디어만 생각해 내면 됩니다. 제 생각으로는 '노예제도와 신을 위해서'가 어떨까 합니다만,

로물루스 글쎄, 나는 좀더 실제적이고 실현 가능성이 있는 구호가 낫겠다는 생각이 드오만, 예를 들어, '양계와 농업을 위해서' 같은 것 말이오.

율리아 여보!

마레스가 왼쪽에서 급히 등장한다. 제정신이 아니다.

마레스 게르만족이 지금 로마로 진격해 들어오고 있습니다!

제노와 율리아는, 하얗게 질려 뛰어 일어난다.

제 노 알렉산드리아로 가는 다음 배는 언제 떠납니까?

로물루스 거기 가서 무얼 하시려고?

제 노 에티오피아 황제에게 망명처를 구하렵니다. 거기서 게르만족에 대한 불굴의 투쟁을 계속하겠습니다.

율리아는 천천히 경황을 차린다.

율리아 여보, 당신은 게르만족들이 로마로 쳐들어오고 있는 판인데, 아직 아침 밥상도 못 물리고 있군요.

황제는 위엄 있게 일어선다.

로물루스 정치가의 특권이지. 마레스, 그대를 제국 총사령관에 임명한다.

마레스 신이 로마를 구하겠나이다, 폐하. (그는 무릎을 꿇고 칼을 뒤흔든다)

로물루스 조금 전까지도 내겐 총사령관이 없었거든. (다시 앉는다)

마레스 (결연히 몸을 일으키며) 우리를 구할 수 있는 유일한 길은 국가 총동원령을 선포하는 것뿐입니다.

로물루스 당치 않은 소리! 전쟁이란 것은 곤봉이 발명되면서부터 이미 범죄가 되어 버렸는데, 그런 전쟁을 위해서 총동원 체제에 들어간다는 건 미친 짓이오. 총사령관에게는 내 친위대 중에서 50명을 주겠소.

마레스 폐하! 오도아케르는 수십만 명의 정예부대를 가지고 있습니다.

로물루스 위대한 사령관일수록 군사란 조금 필요한 것이오.

마레스는 예를 올리고 나서 분연히 퇴장하고, 아폴리온은 그 동안에 맨 가운데에 있는 흉상까지 끌어내리고, 기다리고 있다.

아폴리온 이 잡동사니를 전부 합해서 금화 열 닢을 드리겠습니다.

로물루스 로마의 위대한 과거에 대해서 좀 존경하는 태도로 말 할 수는 없을까, 아폴리온?

아폴리온 잡동사니라고 한 것은 이 앞에 있는 유물들이 골동품으로서 지니고 있는 가치를 가지고 말한 것이었지, 무슨 역사적 가치판단을 내린 것은 아닙니다. 여기 이 흉상 하나는 놔두렵니다. 로물루스라고 씌어 있군요.

그는 금화 열 닢을 세어 준다.

로물루스 나와 같은 이름인 이 양반은 로마의 창시자야!

아폴리온 그저 습작 정도죠. 벌써 깨져가지 않습니까, 폐하.

그 동안 동로마제국의 제노 황제는 몸이 달아 있다.

제 노 아, 로물루스 황제, 나한테는 이 사람을 소개도 시켜주지 않습니까?

로물루스 이 사람은 동로마제국의 황제 이사우리에르의 제노요, 아폴리온.

아폴리온 영광이옵니다, 폐하. (냉냉하게 허리를 굽힌다)

제 노 아폴리온, 바트모스 섬에 한 번 와 보시오. 그 섬은 나한테 끝까지 충성을 바치고 있는 섬인데, 희귀한 그리스시대의 유물이 많소.

아폴리온 그야 어렵지 않습죠, 폐하.
제 노 그럼 내가 내일 알렉산드리아로 가는데 우선 선금을 좀……
아폴리온 죄송합니다. 황실에 대해서는 선금을 지불하지 않는 걸 제 원칙으로 하고 있어서요. 시대가 혼란하고 정치단체들이 안정되어 있지 못한데다가 요즈음 고객들이 그리스와 로마시대에 대한 기호를 잃어버리고, 게르만이나 기타 야만인들의 예술작품에 경도하고 있는 형편입니다. 한심한 일이지만 고객의 기호에 대해서 이러쿵저러쿵 할 수야 없지 않습니까? 자, 폐하들, 이만 실례합니다.
로물루스 내 제국이 통째로 무너지는 북새통에 끼여들게 해서 미안하이, 아폴리온.
아폴리온 천만의 말씀입니다, 폐하. 골동품상늘한테는 그런 때가 대목인 걸요.

그는 다시 한 번 허리를 굽혀 보이고 왼쪽으로 퇴장한다. 동로마의 황제는 심각하게 고개를 젓는다.

제 노 모르겠어요, 로물루스 황제. 난 벌써 수년 전부터 외상 거래가 통하지 않았어요. 요즘 와선 우리가 전적으로 별 볼 일 없는 직업에 종사하여 왔다는 느낌이 부쩍 더 드는군요.

왼쪽에서 내무장관 툴리우스 로툰두스가 등장한다.

툴리우스 로툰두스 폐하!

로물루스 그 운동가가 드디어 이젠 잠이 들었는가, 툴리우스 로툰두스?

툴리우스 로툰두스 스푸리우스 티투스 맘마에 관해서가 아니오라 케사르 루프에 대한 얘기옵니다.

로물루스 난 그를 모르는데.

툴리우스 로툰두스 아주 중요한 인물이옵니다. 폐하께 서신을 올렸사옵니다.

로물루스 난 황제의 제위에 오른 후부턴 편지 따위를 읽은 적이 없지. 도대체 뭘 하는 사람이오?

툴리우스 로툰두스 바지 공장 주인입니다. 게르만족이 입는 옷을 제조하는 사람이온데, 그 옷은 다리에 걸치는 것이옵고, 요즘엔 소신들 사이에서도 유행하고 있사옵니다.

로물루스 그 사람 부자요, 내무장관?

툴리우스 로툰두스 말할 수 없을 정도의 부잡니다.

로물루스 이제야 쓸모 있는 친구가 나오는군.

율리아 여보, 그분을 곧 접견하세요.

제 노 그 사람이 우릴 구할 거라는 생각이 듭니다, 로물루스 황제.

로물루스 바지 공장 주인을 만나겠다.

> 왼쪽에서 케사르 루프 등장. 아주 든든하고 당당한 모습이다. 화려한 옷을 입고 있다. 그는 제노가 로물루스인 줄 알고 곧장 그에게로 간다. 제노는 당황해서 로물루스를 가리킨다. 그는 손에 그리스 시대의 여행 모자를 들고 있다. 고개로만 끄떡 인사한다.

케사르 루프 로물루스 황제.

로물루스 어서 오시오. 이 사람이 우리 집사람인 황후 율리아, 그리고 저 사람은 동로마 황제 이사우리에르의 제노요.

_{케사르 루프는 가볍게 목례를 해 보인다.}

로물루스 용건이 뭐요, 케사르 루프?

케사르 루프 저희 집안은 원래 게르만 출신으로 이미 아우구스투스 황제 때부터 로마에서 살아왔습니다. 그 후 1세기 동안 우리 집안은 방직업계를 주름 잡아왔지요.

로물루스 경하할 일이오.

_{케사르 루프는 제노에게 모자를 들고 있으라고 맡긴다. 제노는 당혹스러워하면서도 거절하지 못한다.}

케사르 루프 저는 바지 공장 경영주로서 제 일에 온 힘을 기울이고 있습니다, 폐하.

로물루스 그러시겠지.

케사르 루프 저는 보수적인 로마사회가 바지 입는 것을 거부하고 있다는 사실을 냉철하게 파악하고 있습니다. 새로운 시대가 밝아 올 땐 언제나 그런 거부현상이 일어나는 법이지요.

로물루스 바지를 입기 시작하는 곳엔 문명이 종언을 고한다네.

케사르 루프 폐하께선 물론 그런 농담을 황제의 신분으로 하실 수 있겠지만, 본인은 흐릿한 데가 하나도 없는 확실성을 가지고 있는 사람으로서 이 바지가 장차 세계를 지배할 것이라는 걸 분명하게 말씀드릴 수가 있습니다. 바지를 입지 않은 현대국가는 물거품처럼 사라질 것입니다. 게르만들이 바지를 입고 그렇게도 놀라운 진보를 보이는 것은 바지와 바지 아닌, 그 양자 사이에 불가불의 차이가 있기 때문입니다. 깊은 데까지는 생각 하지 못하는 황실의 정치가들에게는 이것이 완전히 베일에 싸여 있게 되지만 사업가로서 보면 불을 보듯 뻔한 일이죠. 오직 바지 입은 로마인만이 게르만의 돌격에 대항할 수 있읍죠.

로물루스 내가 그대같이 낙천적인 성격을 가졌다면, 케사르 루프, 나도 그대가 말하는 그 옷을 입게 될지도 모르지.

케사르 루프 저는 바지를 입기로 철석같이 맹세했습니다. 비록 바지를 입지 않고도 인류는 별 탈 없이 세상을 살아나가긴 할 것 같지만, 이건 직업의 존엄성이지요, 폐하. 전 뜨뜻미지근한 건 모릅니다. 바지가 세상을 뒤덮든지 케사르 루프가 망하든지 둘 중의 하납니다.

로물루스 내게 무슨 제안이라도 있나?

케사르 루프 폐하, 한쪽은 세계적 대상사 케사르 루프이고 한쪽은 로마제국입니다. 폐하께선 그걸 인정하셔야 합니다.

로물루스 물론이지.

케사르 루프 우리 감상적인 기분 같은 건 빼고 맑은 정신으로 얘길 나누죠. 제 뒤엔 수억 세스테르츠가 있고 폐하의 뒤에는 캄캄한 심연이 있을 뿐입니다.
로물루스 그 이상 적절한 표현은 없겠어.
케사르 루프 전 까짓 거 로마제국을 통째로 사 버릴까도 생각해 보았습니다.

> 황제는 기꺼운 흥분을 억누르지 못한다.

로물루스 거기 대해선 우리 좀더 구체적으로 얘길 나눔세, 케사르 루프. 여하튼 우선 그대를 기사로 봉하고 보겠네. 아킬레스, 검을 가져오너라.
케사르 루프 폐하, 고맙습니다만 본인은 살 수 있는 작위란 모두 다 샀습니다. 그리고 미리 잘라 말씀드리겠는데, 로마제국을 사는 것은 포기했습니다. 로마제국 같은 부실기업을 무턱대고 인수해서 재건한다는 것은 세계적인 대상사에게도 좀 비싸게 먹힐 겁니다. 그렇게 하면 결국 맘모스 국가가 되는데 그것도 별 게 아니거든요. 세계적 대상사냐 제국이냐 양자택일인데, 잘라 말합니다만 세계적 대상사가 낫죠. 수익성이 높아요. 그렇지만 로물루스 황제, 사는 것은 싫습니다만, 병합에는 반대하지 않습니다.
로물루스 로마제국과 그대의 상사가 합친다면 도대체 어떤 형태로?
케사르 루프 순전히 유기적인 것이죠. 저는 사업가니 항상 유기적인 것을 좋아합니다. '유기적으로 생각하라, 그렇지 않으면 파산이다' 이게 제 생활 철학입니다. 그렇게 되고 나면 우선 게르만족을 몰아내야지요.
로물루스 바로 그게 어려운 것이거든.
케사르 루프 세계적 규모의 대사업가는 필요한 만큼의 잔돈 푼만 있으면 어렵다는 말을 모릅니다. 오도아케르는 이미 제 의견에 서면으로 동의해 왔습니다. 천만 냥을 주면 이탈리아에서 철수하겠다고.
로물루스 오도아케르가?
케사르 루프 게르만의 영도자 말입니다.
로물루스 그도 역시 돈으로 살 수 있는 친구였던가?
케사르 루프 요즈음엔 모든 게 돈 거래입죠, 폐하.
로물루스 그렇다면 그대는 그러한 협조의 대가로 내게서 무엇을 바라는가?
케사르 루프 전 천만 냥을 지불하고 거기에다 이 로마제국이 다른 정상적인 국가처럼 기울지 않고 어느 수준까지 도달케 하는데 기백만 냥을 더 투자하렵니다. 거기에 대한 대가로 폐하는 전국에 바지 입기를 의무로 하는 법령을 선포하는 것은 물론, 폐하의 따님을 제게 주시기 바랍니다. 그래야만 피차 지극히 유기적인 병합의 터전이 굳건해질 수 있기 때문이지요. 그건 아주 자명한 일입니다.
로물루스 내 딸은 이미 3년 전부터 게르만의 감옥에서 고생하고 있는 몰락한 귀족과 약혼을 한 사이오

케사르 루프 폐하, 보시다시피 저는 냉정한 사람입니다. 전통 있는 상사와 굳은 관계를 맺어야만 로마제국을 구할 수 있습니다. 그렇지 않으면 이미 로마의 코앞에 닥쳐온 게르만족이 단숨에 밀어닥친다는 사실을 알아 두십시오. 오늘 저녁까지 확답을 주십시오. 만약 그만두신다면 본인은 오도아케르의 딸과 결혼하겠습니다. 루프상사는 후계자를 얻어야 하니까요. 저는 한창 나이지만 사업의 소용돌이 속을 헤엄치다 보니 지금까지 부부생활의 행복을 찾을 틈이 없었습니다. 사업과 가정을 동시에 양립시키는 것은 그렇게 쉬운 일이 아니었습니다. 정치적으로는 물론, 게르만의 여자를 맞이하는 편이 훨씬 더 타당하겠지만, 저는 제2의 조국에 대한 감사의 염과, 대 루프상사가 역사의 광장에서 종족을 취하여, 편파적이라는 혐의를 받게 되는 것이 싫어서 이런 제의를 하는 것입니다.

그는 간단히 목례를 보이고 제노에게서 모자를 가로채 가지고 왼쪽으로 퇴장한다. 나머지 세 사람은 어이가 없어 식탁에 그대로 앉아 있다.

율리아 여보, 곧 레아와 상의해 보세요.
로물루스 레아와 무얼 상의하란 말이오, 여보?
율리아 레아는 당장 이 케사르 루프와 결혼을 해야 되잖아요!
로물루스 로마제국을 그에게 몇 푼에라도 팔아 치울 생각은 있었지만, 내 딸을 흥정하다니, 이건 꿈에도 생각 못한 일이오.

율리아 레아는 조국을 위해서라면 스스로 자신을 희생할 거예요.

로물루스 우리가 국가를 위해서 수백 년간을 희생해 왔으니 이젠 국가가 우리를 위해서 희생할 차례야!

율리아 로물루스!

제 노 따님이 이제 그 사람과 결혼하지 않는다면 세계는 망합니다.

로물루스 세계가 망하는 게 아니라 우리가 망하는 거지, 말은 분명히 합시다.

제 노 우리가 바로 세계가 아니오?

로물루스 우리는 세계를 감당할 수도 없고, 이해할 수도 없는 한 지방인에 불과하오.

제 노 당신 같은 사람이 로마의 황제가 되었다니……!

제노는 주먹으로 테이블을 치고 오른쪽으로 퇴장한다. 왼쪽에서 5명의 배 나온 하인들이 등장한다.

첫 번째 하인 흉상을 가지러 왔습니다.

로물루스 오, 가져가거라. 벽 쪽에 있으니.

무대는 흉상을 들어 내가는 하인들로 번잡해진다.

율리아 로물루스, 백성들은 나를 국모 율리아라고 불렀고, 나는 이 명예로운 칭호를 영광으로 생각해 왔어요. 그래서 이제 당신에게 국모로서 말하겠어요. 당신은 하루 종일 아침상이나 붙들고 앉았고, 닭들에게나 정신이 팔려 급사도 만나 보지 않고, 총동원령엔 반대를 하는 등 등, 적을 막을 준비는 하나도 하지 않으면서 국가를 구해 줄 수 있는 단 한 사람에겐 딸을 주려고도 하지 않으니 도대체 당신은 어쩌려는 거지요?

로물루스 난 세계사를 혼란하게 만들고 싶지가 않은 거지, 여보.

율리아 내가 당신의 아내라는 게 치욕스럽습니다!

그녀는 오른쪽으로 퇴장한다.

로물루스 (냅킨으로 입을 닦으며) 상을 물려라, 피라무스. 아침 식사를 끝내겠다.

피라무스가 식탁을 내간다.

로물루스 물 가져오너라, 아킬레스. (아킬레스가 물을 가져온다. 로물루스는 그 물에 손을 씻는다)

왼쪽 문을 통해서 스푸리우스 티투스 맘마가 달려나온다.

스푸리우스 티투스 맘마 (무릎을 꿇으며) 폐하!

로물루스 그대는 누구인고?

스푸리우스 티투스 맘마 기병대장 스푸리우스 티투스 맘마이옵니다.

로물루스 무슨 일인가?

스푸리우스 티투스 맘마 파비아에서 이틀 동안 밤낮을 달려

왔습니다. 제가 타고 오던 말이 일곱 마리나 죽었고 저는 화살을 세 개나 맞았습니다. 그래 가지고 여기 도착했건만 사람들은 폐하를 알현하지 못하게 했습니다. 폐하, 여기에 폐하의 마지막 사령관 오레스테스의 보고서가 있습니다. 적에게 잡히기 바로 직전에 제게 넘겨 준 것입니다.

<small>그는 양피지 두루말이를 황제에게 올린다. 그러나 황제는 움직이지 않고 앉아 있다.</small>

로물루스 지친데다가 부상까지 당했구나, 스푸리우스 티투스 맘마. 그대는 왜, 무엇 때문에 그 고생을 하는가, 스푸리우스 티투스 맘마?

스푸리우스 티투스 맘마 로마를 구하려 하옵니다.

로물루스 로마는 이미 오래 전에 죽었다. 그대는 죽은 자에게 충성을 바친 것이고, 그림자를 위해 싸운 것이며, 썩어 가는 무덤을 위해 살아온 것이다, 스푸리우스 티투스 맘마, 가서 잠이나 자거라. 오늘이라는 역사의 시간이 그대의 영웅심을 담아서 길이 보존했으면 얼마나 다행일꼬!

<small>그는 위엄 있게 일어나 정면 뒷벽의 중앙문을 통해서 퇴장한다. 스푸리우스 티투스 맘마는 얼빠진 사람처럼 서 있더니 갑자기 오레스테스의 보고서를 내던지고, 발을 구르며 외친다.</small>

스푸리우스 티투스 맘마 오, 수치스러운 황제를 둔 너 로마여!

제 2 막

서기 476년의 액운에 가득 찬 바로 그날 오후. 황제의 별장 앞 정원. 사방에 이끼, 담쟁이 덩굴, 잡초가 가득하다. 사방에서 꼬꼬댁거리는 닭소리, 닭들이 무대 위로 날아다닌다. 특히 누가 지나갈 때는 더욱 극성이다. 뒷면에는 닭장이 있어 엉망이고 반쯤 허물어져 가는 별장 앞에는 문. 문 앞의 계단으로부터 정원으로 통한다. 벽에는 백묵으로 '농노제도 만세, 자유 만세' 따위가 씌어 있다. 앞면에는 지난날의 화려함을 찾아볼 수 있는 몇 개의 기교를 부려 장식한 정원용 벤치가 오른쪽으로 치우쳐 놓여 있지만, 전체적으론 양계장 속에 있는 듯한 느낌이다. 가끔 한쪽 낮은 건물에서 올라오는 연기로 무대 전체가 휩싸이곤 한다. 집정실은 왼쪽에서 본다면 별장 쪽 오른편 구석에 있다. 요컨대 절망감과 천지개벽을 부르는 난장판 노아의 홍수 직후 같다. 나오는 사람들로는 의자에 앉은 내무장관 툴리우스 로툰두스, 또 다른 의자에는 이미 우리가 아는 바와 같이 이제 제국 총사령관이 된 마레스가 완전무장을 한 채 이탈리아 지도를 무릎에 펴놓고 잠들어 있다. 투구와 지휘봉이 방바닥에 뒹굴고, 방패는 벽에 기대어 있다. 스푸리우스 디투스 맘마는 아직도 더러운 그대로 붕대를 감고 있으며, 아주 피로한 듯, 벽에 기대서 몸을 질질 끌며 왔다갔다하고 있다.

스푸리우스 티투스 맘마 아, 피곤하다. 피곤하다. 피곤해.

별장 문에서 흰 앞치마에 높은 모자를 쓴 요리사가 나타난다. 칼을 뒤에 숨기고 살금살금 닭을 잡으려고 뜰 바른 쪽으로 나간다. 닭들은 절망적으로 꼬꼬댁거려 댄다.

요리사 율리우스, 에포스, 오레스테스, 로물루스, 구구구…….

 오른쪽에서 제노가 나타난다. 오다가 멈춰 서서 샌들을 땅에 문지른다.

제 노 제기랄, 또 알이야! 여긴 도대체 닭밖에 없나?
툴리우스 로툰두스 닭치기는 우리 황제께서 열을 올리시는 유일한 일이랍니다.

 오른쪽에서 급사(急使) 하나가 저택으로 달려 들어온다.

급 사 게르만이 로마에 입성했습니다! 게르만이 로마에 입성했어요!
툴리우스 로툰두스 흉보가 또 날아드는군. 하루 종일 이꼴이라니까.
제 노 이제라도 황제가 궁전 교회로 가서 국민을 위해 기도라도 올려 준다면 얼마나 좋을꼬.
툴리우스 로툰두스 황제께선 주무신답니다.
제 노 주무신다? 그렇다면 기도나마 드리는 건 나뿐이란 말인가?
툴리우스 로툰두스 가공할 일이죠.
제 노 남은 문명을 구해 내기 위해 몸을 졸이고 있는데 주무신다? 그런데 이건 또 무슨 냄새야?
툴리우스 로툰두스 제국의 문서를 소각하고 있답니다.

 제노는 벼락이라도 맞은 듯 놀란다.

제 노 다, 당신들이…… 무, 문서를 소각해?

툴리우스 로툰두스 여하튼 로마 정치의 귀중한 기록들을 게르만의 손에 넘어가게 할 수는 없잖습니까? 그렇다고 그걸 가지고 가자니 경제 문제가 따르고.

제 노 그래서 그냥 태워 버린단 말인가? 궁극적으로 선이 승리한다는 신념도 없이 그렇게 아무 거리낌없이 말끔히 태워 버린단 말인가? 자네들 서로마는 정말 구제할 길 없이 속속들이 썩어 버렸구나. 정성도 용기도 없어. 제기랄, 또 알이야. 난 가서 기도나 해야지. (그는 샌들을 땅에 대고 벅벅 문지르더니, 왼쪽으로 퇴장한다)

스푸리우스 티투스 맘마 백 시간이나 잠을 못 잤구나! 백 시간이나 못 잤어!

닭들은 지독스레 꼬꼬댁거린다. 오른쪽에서 요리사가 나오더니 별장으로 사라진다. 손에 닭을 하나씩 들고, 그리고 또 한 마리는 오른팔 겨드랑이에 끼었다. 앞치마는 그 사이에 피투성이가 되어 있다.

스푸리우스 티투스 맘마 저 지겨운 꼬꼬댁 소리 좀 안 들었으면! 남은 피곤해 죽겠는데, 아 피곤해. 피곤한 것도 당연하지. 빠비아에서 단숨에 딜러온데다가 피끼지 그렇게 흘렸지 뭡니까?

툴리우스 로툰두스 알아요.

스푸리우스 티투스 맘마 말도 일곱 필이나······.

툴리우스 로툰두스 글쎄, 안다니까.

스푸리우스 티투스 맘마 게다가 화살도 세 대나······.

툴리우스 로툰두스 그러니 어서 별장 뒤뜰로 가 봐요. 거긴 시끄러운 닭소리가 좀 덜 할 테니.

스푸리우스 티투스 맘마 가 봤어요. 거기선 공주가 연극지도를 받느라고 소릴 지르고 있습니다. 또 못가에선 동로마 황제가 기도를 드리고 있구요.

마레스 거 좀 조용들 못 해요! (한 마디 꽥하더니 다시 잠이 든다)

툴리우스 로툰두스 그렇게 큰 소리로 말을 하니까 총사령관이 깨잖아.

스푸리우스 티투스 맘마 아! 죽도록 피곤한데, 이놈의 연기는 코를 찌르게 맵고, 정말 못 견디겠구나!

툴리우스 로툰두스 좀 앉기라도 해요.

스푸리우스 티투스 맘마 앉았다간 잠이 들어 버리게요?

툴리우스 로툰두스 그렇게 피곤하다면서 자는 게 어때서? 지극히 당연한 일인데.

스푸리우스 티투스 맘마 난 안 잡니다. 원통해서도 못 자요!

총사령관은 핏대가 나서 몸을 일으킨다.

마레스 조용히 좀 생각하게 해 줄 수 없겠소? 작전이란 영감이 필요한 것이오. 외과의사들도 피를 보기 전에 정신을 집중시키는 시간을 가져야 한단 말이야. 전쟁수행에 제일 해로운 것은 작전본부에서 방정맞게 떠드는 짓이오. (그는 신경질이 나서 지도를 집어 똘똘 말아 챙긴다)

현관문에서 황후가 나온다.

율리아 애비우스! 애비우스! 누구 의전실장 애비우스 못 봤어요?

스푸리우스 티투스 맘마 국모로군.

툴리우스 로툰두스 황후폐하, 그는 지금 짐 싸는 것을 돕고 있지 않나요?

율리아 오늘 아침부터 종적을 찾을 수가 없어요.

툴리우스 로툰두스 그렇다면 도망친 게로군.

율리아 전형적인 게르만놈이야. (다시 사라진다)

스푸리우스 티투스 맘마 도망치기는 게르만보다 로마인이 더하지.

그는 한 순간 성을 냈다가 다시 가라앉히더니 잠들지 않으려고 절망적으로 이리저리 뛰어다닌다.

마레스 시간은 우리 편이다. 전황은 점점 더 우리에게 유리해지고, 성이 무너질 때마다 진세는 호전되는 거야. 게르만들이 반도로 남하해 올수록 그들은 결국 막다른 골목에 들어오는 형국이니까. 우리가 시칠리아와 코르시카로 후퇴해서 전열을 가다듬어 가지고 나오면 그들을 은 간단히 섬멸시킬 수가 있는 것이거든.

스푸리우스 티투스 맘마 먼저 황제부터 섬멸해 버리시오!

마레스 우리는 절대로 패배할 리가 없지. 게르만놈들은 함대가 없으니까. 그러니 우린 섬 속으로만 들어가면 난공불락의 요새에 있는 셈이 되거든.

스푸리우스 티투스 맘마 하지만 우리도 함대는 없지 않습니까! 타고 갈 것이 없는데야 섬인들 우리한테 무슨 소용

이 겠어요? 게르만놈들이 이탈리아를 점령해 버리면 이탈리아야말로 저들의 난공불락의 요새가 되어 버리고 말겠소.

마레스 함대야 하나 만들면 될 것 아니오?

스푸리우스 티투스 맘마 함대를 만들어요? 정부는 파산했는데요?

툴리우스 로툰두스 그건 천천히 걱정해도 될 일이고, 우선 급선무는 어떻게 시칠리아로 가느냐는 것이오.

마레스 돛 세 개짜리를 하나 부르겠소.

툴리우스 로툰두스 돛 세 개짜리? 그건 엄두도 못 내게 비싸요. 외돛짜리 범선이나 한 척 주선해 봐요.

마레스 이젠 날 또 배 흥정꾼으로 떨어뜨리는군. (그는 별장 건물로 비틀거리며 들어간다)

스푸리우스 티투스 맘마 게르만놈 하나가 내 뒤통수를 후려갈겼어요.

툴리우스 로툰두스 알아요.

스푸리우스 티투스 맘마 그리고 말이 일곱 필이나 개 가랑이 밑에서 거꾸러졌지.

툴리우스 로툰두스 당신은 쉴새없이 그 얘기구려.

스푸리우스 티투스 맘마 난 그만큼 지쳐 있다 이겁니다.

툴리우스 로툰두스 내가 바라는 것은 시칠리아 섬에서 집세가 싼 집이나 하나 구했으면 하는 것이오.

닭들의 심한 꼬꼬댁 소리. 원편에서 누더기를 걸친 에밀리안의 모습이 천천히 나타난다. 바짝 마른데다가 창백한 얼굴. 검은 모자를 쓰고 있다.

에밀리안 (주위를 둘러보며) 여기가 캄파니아 황제의 별장입니까?

툴리우스 로툰두스 (그의 끔찍한 모습에 놀란 얼굴로 살펴보며) 당신은 누구요?

에밀리안 귀신이오.

툴리우스 로툰두스 무엇하러 여기 왔소?

에밀리안 황제는 우리 모두의 아버지요, 그렇지 않습니까?

툴리우스 로툰두스 모든 애국자의 아버지지.

에밀리안 나는 애국자요. 그러니 난 내 아버지를 방문하러 찾아온 거요. (그는 다시 주위를 둘러본다)

에밀리안 지저분한 양계장이군. 엉망진창이 된 별장이야. 이게 일국의 국사를 처리하는 최고 관청이라니! 못가에는 비바람에 다 부서진 비너스 상이 나뒹굴고, 담쟁이 덩굴, 이끼, 사방의 잡초 속에는 달걀들이 뒹굴고 벌써 몇 개나 밟았는지 몰라. 그리고 어디에선가 황제는 코를 골고 있겠지. (총사령관이 앉았던 의자에 몸을 던진다)

에밀리안 당신이 툴리우스 로툰두스, 내무장관 아니오?

툴리우스 로툰두스 날 아시오?

에밀리안 우린 곧잘 같이 한 잔 하지 않았소? 그리고 고성방가를 해댔고. 특히 여름 밤에 그런 기회가 자주 있었지.

툴리우스 로툰두스 난 통 기억이 없는데……

에밀리안 그럴 만도 하지. 그 동안 대로마제국도 이렇듯 몰라보게 망해 버렸으니.

스푸리우스 티투스 맘마 아 피곤해, 죽도록 피곤해.

툴리우스 로툰두스 아, 알겠다. 전선에서 온 용사로군. 조국을 위해 피를 흘린 용사야. 뭐 내가 도와 줄 일이라도 있소?

에밀리안 게르만에 항거할 힘이 조금이라도 있소, 당신?

툴리우스 로툰두스 지금 이 마당에 그럴 힘 있는 사람이 어디 있겠소? 우리의 항전은 장기간에 걸친 게 될 것이오. 신의 물레방아는 천천히 돌아가는 것이니까.

에밀리안 그렇다면 당신은 날 도와 줄 수 없소.

툴리우스 로툰두스 가지고 있는 것이란, 우리의 높은 문화가 결국 게르만들을 정복하고 말 거라는 신념뿐이오.

스푸리우스 티투스 맘마 죽도록 피곤하구나! 죽겠어.

에밀리안 호레이쇼를 좋아하시오? 당신은 이탈리아 최고의 문체를 쓰고 있는데.

툴리우스 로툰두스 난 법률가요.

에밀리안 난 호레이쇼를 좋아했소. 그의 고풍스런 문체도 즐겨 사용했었고.

툴리우스 로툰두스 당신 시인이구려?

에밀리안 나는 최고의 문화인이었을 뿐이오.

툴리우스 로툰두스 그럼 당신은 다시 쓰시오. 다시 시작(詩作)을 계속해서. 이기는 거요.

에밀리안 내가 있던 곳에서는 육체가 정신을 이기고 있었소.

다시 닭들의 울음소리, 날개 치는 소리가 들린다. 별장 오른쪽으로부터 레아가 배우 필락스와 함께 나타난다.

레 아 '보라, 그대 조국의 시민들이여, 나에겐 마지막 길이, 그리고 태양엔 최후의 빛이 비치니 아, 다시는 영영 돌이킬 수 없단 말인가?'
스푸리우스 티투스 맘마 지금 저런 고전은 못 듣겠어. 저런 걸 듣다간 잠들어 버리고 말아. (비틀거리며 왼쪽으로 퇴장)

필락스 계속하십시오, 공주님, 좀더 힘차게 적극적으로! '슬프도다, 나를 어리석게……'
레 아 '슬프도다, 나를 어리석게 했구나. 오, 조국이여! 아직 한창인 내가 시들어 가는 것을 어찌하여 그대는 그 치욕스런 법칙으로 날 강요한단 말인가? 사랑하는 이의 눈물도 없이, 저 들어 보지도 못한 무덤 속에 생매장되어야 한다고.'
필락스 생매장되어야 한다고, 그리고 숨을 돌리십시오, 공주님, 그리고 비극성을 살려서, 다시 한 번…….
레 아 '생매장되어야 한다고. 말없는 죽음의 신이 산 채로 날 끌고 가는 곳은, 결혼의 찬가가 울려 퍼지는 환희에 가득 찬 신방이 아니고, 지옥의 강 언덕, 무서운 아케론의 잠자리일세.'
필락스 '무서운 아케론의 잠자리일세.'

레 아 '무서운 아케론의 잠자리일세.'
필락스 공주님, 좀더 슬프게, 리듬이 있고 좀더 속에서 우러나오는 소리로 읊으셔야죠. 영혼의 흐느낌이 좀더 들어 있어야 해요. 그렇지 않으면 이 불멸의 구절들을 공주님이 아무리 읊어 봐도 감명을 줄 수 없습니다. 암만해도 아케론에 대해서, 죽음의 신에 대해서, 실감을 못 가지는 것 같은데요, 무슨 추상적이거나 관념적인 것으로 생각하는 것 같아요. 공주님이 내적 경험을 못 가진 탓인 것 같습니다. 죽음이 그저 문학에 그쳤지, 현실로 되지 못했어요. 그건 참 곤란한 일입니다, 곤란해요. 자, 다시 한 번! '환희에 가득 찬 신방이 아니고······.'
레 아 '환희에 가득 찬 신방이 아니고 무서운 아케론의 잠자리일세.'

<small>에밀리안이 일어나서 낭송하고 있는 레아 앞으로 간다. 공주는 의아해하며 그의 출현을 살핀다.</small>

레 아 왜 이러세요?
에밀리안 당신은 누굽니까?
레 아 난 황제의 딸 레압니다.
에밀리안 레아, 황제의 따님······. 난 당신을 전혀 몰라봤소. 당신은 아름다워. 하지만 난 당신의 얼굴을 그토록 잊었었소.
레 아 우린 서로 아는 사이인가요?
에밀리안 아마 그런 것 같습니다.

레 아 당신은 라벤나에서 오신 분인가요? 거기서 어릴 적에
　　　같이 놀던 동무가요?
에밀리안 우리가 같이 놀 때 난 이미 성년이었습니다.
레 아 이름을 말씀해 주시지 않겠어요?
에밀리안 내 이름은 이 왼쪽 손에 씌어 있습니다.
레 아 그럼 그 손을 보여 주세요.

　　　그는 그녀에게 자기 왼손을 내민다.

레 아 오, 당신 손, 너무 큼직하군요.
에밀리안 손을 거둘까요?
레 아 (고개를 돌리며) 차마 못 보겠어요.
에밀리안 외면을 하면 내가 누군지 모르실 겁니다. (그는 손
　　　을 거둔다)
레 아 아니에요. 손을 보여 주세요. (그녀는 오른손을 내민다)

　　　에밀리안은 왼손을 거기 얹는다.

레 아 반지가! 에밀리안의 반지가!
에밀리안 그렇소, 당신 약혼자의 반지요.
레 아 아, 그이는 죽었군요.
에밀리안 죽었습니다.
레 아 아니, 반지가 살 속으로 파고 들어가 있군요. (유심히
　　　살펴본다)
에밀리안 그렇소, 내 치욕스러운 살덩이와 하나가 되어 있소.
레 아 에밀리안! 당신은 에밀리안이군요!

에밀리안 난 한때 에밀리안이었소.

레 아 (그를 응시하며) 통 알아보지 못하겠어요, 에밀리안!

에밀리안 공주, 당신은 날 결코 알아볼 수가 없을 거요.

<small>그들은 서서 서로를 바라본다.</small>

레 아 3년 동안 당신을 기다렸어요.

에밀리안 게르만의 수용소에서 3년이란 영원이었소. 한 인간을 그렇게 기다릴 순 없는 거죠.

레 아 한데 당신은 이렇게 오셨어요. 이제 이렇게 우리 아버지의 집으로 찾아오셨어요.

에밀리안 게르만족들이 쳐들어오고 있습니다.

레 아 알고 있어요.

에밀리안 그럼 가서 칼을 잡으시오.

레 아 (놀란 얼굴로 그를 바라보며) 무슨 말씀이세요. 에밀리안?

에밀리안 여자도 칼을 들면 싸울 수가 있다는 말입니다.

레 아 이젠 더 싸울 수가 없어요. 로마 군대는 무너지고, 군인은 하나도 없어요.

에밀리안 군인들도 인간이고, 인간이면 누구나 싸울 수 있는 것이오. 여긴 아직 많은 인간이 남아 있소. 아낙네, 노예, 늙은이, 불구자, 소년들, 그리고 장관들이 남아 있소. 가서 칼을 드시오.

레 아 소용 없는 짓이에요, 에밀리안. 우린 게르만족에게 항복할 도리밖에 없어요.

에밀리안 난 이미 3년 전에 게르만에게 항복했었소. 그런데 게르만이 나를 어떻게 했는지 똑똑히 보시오.

레 아 3년간, 저는 당신을 기다렸어요. 매일같이 언제나. 그런데 이제 전 당신 앞에서 무서움을 느껴요.

에밀리안 당신이 음송한 무서운 아케론의 잠자리가 실현된 거요. 그 시구가 그대로. 자, 가서 칼을 잡으시오. 가란 말이오.

레아는 건물로 도망치듯 뛰어간다.

툴리우스 로툰두스 마르크스 유니무스 에밀리안, 게르만족의 감옥에서 돌아왔구려. 전율을 금할 수 없게 기쁜 일이오.

에밀리안 그럼 빨리 싸움터로 나가시오. 그렇지 않으면 당신이 떨고 있다는 것도 다 분에 넘치는 것이 되고 말 테니.

툴리우스 로툰두스 내 말을 들어 보시오. 당신은 확실히 어려움을 당했고 우리의 존경을 받을 만하오. 하지만 그렇다고 우리가 여기서 편하게만 지냈다고 생각한다면 그건 잘못 생각한 거요. 정치가에게 가만 앉아서 끊임없이 날아드는 홍보를 접수하면서도 손 하나 쓸 수 없다는 것보다 더 큰 고통은 있을 수 없다는 것을 알아야 해요.

왼쪽에서 급사가 또 나타난다.

급 사 게르만족이 아피아 대로(大路)를 통해 남쪽으로 진격

해 오고 있습니다! 게르만족이 아피아 대로를 남쪽으로
해서 오고 있어요!

툴리우스 로툰두스 남쪽으로, 곧장 이리로 쳐들어오고 있다
고? 봐요, 내가 얘기를 꺼내자마자 또 흉보가 날아들지
않소?

별장 문에 마레스가 나타난다.

마레스 구석구석 수소문해도 쪽배 한 척 안 보이니······.

툴리우스 로툰두스 하지만 나폴리 항구에 아직 한 척쯤은
있을 법한데.

마레스 게르만족한테로 넘어가 버렸어.

툴리우스 로툰두스 하느님 맙소사! 여보, 총사령관, 우리에
겐 배가 꼭 있어야 한단 말이오!

마레스 어디 가서 낚싯배라도 찾아보겠소. (그는 다시 사라진다)

툴리우스 로툰두스 (안절부절 못하며) 우린 시칠리아 섬으로
가서 제국을 다시 건설할 준비가 다 되어 있어요. 나는
사회개혁을 하고 부두노동자들에 대한 실직보험제도를
실시할 생각이지. 그런데 이 모든 게 다 거기까지 우리
를 수송해 줄 교통수단을 찾아내는 것을 전제로 하고
있단 말입니다.

왼쪽에서부터 스푸리우스 티투스 맘마가 무대로 비틀거리며 달려
나온다.

스푸리우스 티투스 맘마 이 탄내, 이 지독한 연기!

닭의 꼬꼬댁 거리는 소리. 왼쪽에서 케사르 루프가 등장한다.

케사르 루프 여러분, 나는 여러분의 냉철한 인식을 촉구합니다. 로마가 쓰러지면 제국은 서푼의 값어치도 없게 된다는 것을 인식하시오. 경제적 파산에다 군사적 파국까지 겹친 이 마당에 로마제국이 스스로 일어서긴 이미 글러 버렸다는 것을 인식해야만 합니다.

에밀리안 당신은 누구요?

케사르 루프 케사르 루프, 세계적 루프상사의 주인이오.

에밀리안 용무는?

케사르 루프 정치가라면 조금만 귀띔을 해 주어도 충분히 알아차리고도 남음이 있을 일이오. 내가 수백만을 털어 넣지 않는 한, 로마는 결코 구출될 가망이 없으리라는 것을. 나는 이 관대한 제의에 대해 솔직한 대답을 촉구하는 바요. 예스냐, 노냐. 그건 즉 환희의 축제를 올리느냐, 세계의 종말을 맞이하느냐 사이의 양자택일인 것이지. 내가 여기서 장가를 들고 나가느냐, 로마제국이 사라지느냐인 거야.

에밀리안 무슨 일이 있습니까, 내무장관?

툴리우스 로툰두스 오도아케르가 응낙했다오. 천만 냥으로 이탈리아에서 철수하겠다고. 이 사람은, 이 바지 공장은, 이미 그 금액을 지불할 준비가 되어 있답니다.

에밀리안 조건은?

툴리우스 로툰두스 레아 공주님과 결혼을 원한답니다.

에밀리안 공주를 데려오시오.
툴리우스 로툰두스 공주님을 어쩌시려고…….
에밀리안 그리고 조신들도 모두 모이게 하시오.

<small>내무장관 툴리우스 로툰두스는 별장 안으로 들어간다.</small>

에밀리안 바지 공장 씨, 그 제의에 대한 대답을 듣게 될 거요.

<small>오른쪽에서 기병대장이 비틀거리며 나온다.</small>

스푸리우스 티투스 맘마 백 시간 동안 잠을 못 잤구나. 백 시간을, 아, 피곤해. 피곤해서 당장 쓰러질 것 같다.

<small>별장 현관문에 레아, 툴리우스 로툰두스, 제노, 마레스, 그 밖에 위병들이 나타난다.</small>

레 아 부르셨어요, 에밀리안?
에밀리안 이리 오시오.

<small>레아가 에밀리안에게로 천천히 다가간다.</small>

에밀리안 공주, 당신은 날 3년 동안이나 기다렸소.
레 아 3년간, 밤이면 밤마다 날이면 날마다, 한 순간도 빼놓지 않고 기다렸어요.
에밀리안 당신은 날 사랑했소.
레 아 전 당신을 사랑해요.
에밀리안 당신의 온 영혼을 바쳐서?
레 아 네. 저의 온 영혼을 다 바쳐서요.
에밀리안 그럼 내가 요구하는 건 무엇이든지 다 응해 주겠소?

레 아 네, 무엇이든지.
에밀리안 칼이라도 잡겠소?
레 아 원하신다면 칼도 잡겠어요.
에밀리안 공주, 나에 대한 사랑이 그토록 크오?
레 아 당신을 사랑하는 저의 마음은 무엇으로도 잴 수 없을 정돕니다. 전 당신을 알아볼 수가 없지만, 그래도 당신을 사랑합니다. 난 당신이 무섭지만 당신을 사랑해요.
에밀리안 (케사르 루프를 가리키며) 그렇다면 이 대단한 배뚱뚱이와 결혼을 해서 그의 아이를 낳으시오.
제 노 드디어 서로마에 똑똑한 사람이 하나 나타났구나.
조신들 결혼하십시오, 공주님. 저분과 결혼하세요.
툴리우스 로툰두스 그렇습니다. 조국을 위해 그 값진 희생을 보여 주십시오.

모든 사람이 기내에 자서 레아를 응시한다.

레 아 제가 당신과 헤어져야 한다는 건가요?
에밀리안 당신은 날 떠나야 하오.
레 아 다른 사람을 사랑하라는 건가요?
에밀리안 당신은 조국을 구할 수 있는 자를 사랑해야 합니다.
레 아 그렇지만 전 당신을 사랑해요!
에밀리안 그렇기 때문에 난 당신을 버리는 것이오.
레 아 당신은 당신이 당한 만큼 제게도 치욕을 안겨 주시려는 거군요?
에밀리안 우리는 부득이 해야 할 일을 하는 거요. 우리의

치욕은 이탈리아를 구할 것이고, 우리가 당한 굴욕으로
이탈리아는 다시 힘을 얻게 될 것이오.
레 아 당신이 진정 나를 사랑하신다면 그런 요구는 못하실
거예요.
에밀리안 당신을 사랑하기 때문에 난 이런 요구를 할 수가
있는 거요.

레아는 그를 응시한다.

에밀리안 내 말을 들으시오, 공주. 공주에 대한 내 사랑은
비길 데가 없습니다.
레 아 당신의 말을 따르겠어요.
에밀리안 당신은 그의 아내가 되는 거요.
레 아 저는 그의 아내가 되겠어요.
에밀리안 자, 그럼 냉철한 걸 자랑하는 이 바지 공장 주인
에게 손을 주시오.

레아, 순종한다.

에밀리안 자, 이제 당신은 황제의 하나밖에 없는 따님의 손
을 잡았소, 케사르. 황족신부의 화환이 황금송아지의 머
리 위에 씌워진 것이오.
케사르 루프 (감동을 받은 듯) 공주님, 나를 꼭 믿으십시오.
내 눈의 눈물은 순금입니다. 세계적 재벌 루프상사는
이 결합으로 가장 절정에 도달했습니다. 직물업자 중에
선 아직까지 아무도 생각지 못했던 일입니다.

사람들이 와글거린다.

마레스 제국은 구제되었구나!
제 노 서구 문명세계는 존속한다!
술프리데스 해방의 전주곡이요, 폐하.

제노와 두 시종은 좋아서 땅에서 껑충 뛰어오른다.

셋이서 '만세, 이 천행, 이 기쁨, 오,비잔티움이여! 우리가 바라던 소망, 우리가 끝까지 믿었던 기적이 드디어 나타났구나! 제국의 구원은 실현되었어요!'
툴리우스 로툰두스 문서 소각을 즉시 중지하라!
아킬레스 황제께서 납십니다!

연기가 사라진다. 문께에 조신들 사이로 로물루스가 보인다. 그의 뒤엔 납작한 바구니를 하나씩 들고 서 있는 아킬레스와 피라무스가 보인다.

레 아 아버님…….
에밀리안 이 뙤약볕의 더위에서도 잘 잡숫고 잘 주무시는 황제폐하, 어서 오셔서 인사나 받으십시오. 닭 치기와 달걀 받는 데 있어서 다른 황제의 추종을 불허하시고, 병사들로부터 졸장부 로물루스라고 불리시는 폐하 만세!
로물루스 (에밀리안을 날카롭게 쏘아본다) 넌, 내 딸의 약혼자인 에밀리안이로구나.
에밀리안 날 대뜸 알아보는 사람은 폐하뿐이군요. 따님께서도 날 알아보지 못했습니다.

로물루스 그애의 사랑을 의심하지 말아라. 오직 나이 많은 사람만이 날카로운 눈을 가지는 법이니라. 잘 왔다, 에밀리안. (문 밑에 있는 안락의자에 걸터앉는다)

에밀리안 나는 게르만의 감옥에서 도망쳐 왔습니다. 날 감시하던 파수병을 살해하고, 뒤쫓는 개를 때려 죽이고 이렇게 두 발로 걸어왔습니다, 황제폐하. 난 끝없이 먼 당신의 제국을 향해 한 걸음 한 걸음 걸어오면서 제국 중의 제국이라는 당신의 제국을 보아왔습니다.

로물루스 난 황제가 된 후론 한 번도 이 별장을 떠나 본 적이 없다. 내 나라에 대해 어디 얘기 좀 해주려무나.

에밀리안 폐허가 된 도시들과 불붙는 마을들을 지나고, 나무를 마구 찍어 버린 숲과 쑥밭이 된 전답을 지나오면서 난 당신의 백성들을 보았습니다.

로물루스 계속해라.

에밀리안 내 눈에 비친 백성들이라곤 죽어 넘어간 사내들과 능욕당한 아낙네들, 그리고 굶주린 아이들뿐이었습니다.

로물루스 계속해라.

에밀리안 그리고 귀에 들리는 것은 부상자들의 울부짖음과 포로들의 신음 소리, 매점매석하는 자들의 흥청거림과 전쟁 덕분에 돈번 자들의 거드럭거리는 소리뿐이었습니다.

로물루스 자네가 말하는 것은 모르고 있던 것은 아니지만, 얘길 계속해 보게나, 에밀리안.

에밀리안 제가 말씀드린 것을 이미 다 알고 계시면서 닭 모이나 주고 계셨단 말입니까?
로물루스 황제로서 난 이미 제국에서 손을 떼고 있었느니라.
에밀리안 백성들의 고통을 잘 알면서도 음식이 목으로 넘어가던가요?
로물루스 나는 신하도 내보낸 황제이니라.
에밀리안 로마는 망했습니다. 그런데 당신은 잠을 자고 있었습니다.
로물루스 나는 황제로서 제국을 적에게 양도했느니라.
에밀리안 로마의 황제님, 당신은 적을 아십니까?
로물루스 황제는 자기의 백성을 알 뿐이네.
에밀리안 당신의 적을 아십시오! 난 당신 앞에 이렇게 서 있습니다. 당신의 퍼드덕거리는 닭들에 싸여 당신의 우스꽝스러운 신하들 속에서 이렇게 서 있단 말입니다. 이렇게 너러워신 채, 수없이 채찍질을 당하고 짓밟혔으며, 멍에에 매여 시달렸던 내가요. 하지만 그것뿐인 줄 아십니까? (두건을 머리에서 낚아챈다)

관중에게는 보이지 않으나 머리 가죽이 벗겨져 있다.

레 아 에밀리안!

레아는 에밀리안을 껴안는다.

에밀리안 당신의 적은 내 머리 가죽을 정수리로부터 벗겼습니다. 평화를 사랑하고 이성을 믿으며 게르만족과 로마를 화해시키려고, 몰래 저들을 찾았던 로마의 장교인

나를 말입니다. 아시겠습니까, 황제 중의 황제님!

로물루스 황제는 볼 뿐 외면하지는 않는다.

에밀리안 황제의 따님이여, 당신이 속하는 저 사람에게로 가시오!

레아는 루프에게로 천천히 간다.

에밀리안 로마의 황제폐하, 당신의 따님은 저 바지 공장 주인의 아내가 되었소. 당신의 제국은 나의 치욕을 통해 구제되었단 말입니다!

황제는 몸을 일으킨다.

로물루스 황제는 이 결혼을 승낙하지 않는다.

모두들 움직이지 않고 황제를 바라본다.

케사르 루프 빙장 어른!
레 아 아버님, 전 이분과 결혼하겠어요. 조국을 구하려는 저를 방해하지 마십시오.
로물루스 내 딸은 황제의 뜻을 따라야 하는 것이니라. 황제가 자기 나라를 불구덩이에 집어 던지고, 깨어 부수고, 파괴되도록 내버려 두고, 죽어 마땅한 것을 짓밟아 댈 때는, 다 자기가 할 일을 알아서 그러는 것이니라.

레아는 고개를 숙이고 퇴장한다.

로물루스 피라무스, 우린 우리 할 일이나 하자. 닭 모이를 이리로 가져오너라. 구구구구 아우구스투스, 트라이안,

아드리안, 마르크 아우렐, 오도아케르 구구구구⋯⋯.

로물루스는 닭 모이를 뿌리며 오른쪽으로 퇴장한다. 시종들 따라서 퇴장한다. 나머지 사람들은 모두 움직일 줄 모르고 서 있다.

툴리우스 로툰두스 문서 소각을 다시 계속해라!

모든 주변이 다시 검은 연기에 휩싸인다.

에밀리안 저런 황제는 없애야 한다!

제 3 막

기원 476년 3월 보름날 밤 황제의 침실. 왼쪽에 창문틀이 하나 있고, 정면에 문. 오른쪽에 큰 문이 있고 침대가 있다. 방 한가운데 긴 소파들이 서로 한끝이 붙여져서 ㄱ자 모양으로 관중석을 향해 벌려져 있고 이들 중간에는 화려하게 장식된 낮고 작은 탁자가 놓여 있다. 전경의 양쪽 벽엔 벽장이 있다. 밤이다. 보름달이 떴으나 방은 어둡고 창문틀만이 밝은 그림자를 벽과 방바닥에 던진다. 정면의 문이 열리고 피라무스가 삼발의 촛대를 들고 나타난다. 그는 그것을 가지고 침대 가까이 있는 초에 불을 붙이고 나서 탁자 위에 내려놓는다. 황제가 오른쪽 문에서 나타난다. 그는 좀 낡고 초라한 옷차림이다. 그 뒤에 아킬레스가 보인다.

로물루스 잘 먹은 후에 목욕을 하면 기분이 좋단 말야. 오늘은 기념할 만한 날이었지만 이런 날은 좋지 않지. 이런 때는 목욕을 하는 게 상수야. 난 비극적인 인간은 아니거든. 아킬레스!

아킬레스 폐하, 관복을 대령하오리까, 아니면 가운을…….

로물루스 가운을 다오. 오늘은 정치를 이만 하겠다.

아킬레스 폐하, 국민에게 내릴 포고문에 서명을 하셔야죠.

로물루스 내일 하지. (잠옷 가운을 걸치고, 월계관을 벗는다)

로물루스 내 머리에 아직도 월계관이 씌어 있었군. 목욕할 때 벗는 걸 잊었어. 피라무스, 이걸 침대머리에 걸어 놓

게. (월계관을 피라무스에게 내준다)

피라무스는 그것을 침대머리에 걸어 놓는다.

로물루스 잎이 몇 개 남았지?
피라무스 둘입니다.
로물루스 그러니까 오늘은 지출이 많았군. (오른쪽 소파께로 가서 앉는다)
로물루스 포도주 한 잔 갖다 주게, 아킬레스.
아킬레스 폐하, 팔레론으로 할까요, 아니면 시라쿠스 것으로 할까요?
로물루스 팔레론으로 하지. 이런 때는 최고품을 마셔야지.

아킬레스는 술잔을 황제 앞에 갖다 놓는다. 피라무스가 술을 따른다.

피라무스 이 70년 묵은 포도주는 이제 이것 한 병밖에 남지 않았습니다, 폐하.
로물루스 그럼 여기 두어라.
아킬레스 국모께서 폐하를 뵙고자 하십니다.
로물루스 들어오시라 해라. 촛대는 더는 필요 없다.

시종들 인사하고 퇴장. 피라무스는 침대 옆에 있는 촛대를 잡아든다. 다시 전경만 밝고 배경은 점점 밝아지는 달빛에 싸인다. 뒤쪽에서 율리아 등장한다.

율리아 당신과 마지막으로 이야길 하려고 왔어요.
로물루스 당신, 길 떠날 차림을 했구려, 여보.

율리아 전 이 밤으로 시칠리아 섬으로 떠나요.
로물루스 어선이라도 준비되었소?
율리아 뗏목을 타고 가요.
로물루스 좀 위험하지 않을까?
율리아 남아 있는 게 더 위험해요.

한동안 침묵.

로물루스 무사히 가기를 빌겠소.
율리아 우린 어쩌면 오랫동안 못 볼 거예요.
로물루스 아주 못 보게 되겠지.
율리아 전 결심했어요. 어떤 희생을 치르더라도 시칠리아 섬에 들어가서 적에 대한 항전을 계속하기로.
로물루스 어떠한 희생이라도 각오한다는 항전처럼 바보 같은 짓은 없소.
율리아 당신은 패배주의자예요.
로물루스 나는 저울질을 해 볼 뿐이지. 우리가 지금 항전을 한다는 것은 오히려 피투성이의 몰락을 초래하는 것일 뿐이오. 그건 장렬한 일일지는 모르지만 도대체 뭣 때문에 그렇게 하겠소? 이미 잃어버린 세계에 불을 질러서 뭘 어쩌자는 거요?

한동안 침묵.

율리아 그러니까 당신은 레아를 그 케사르 루프라는 사람과 결혼시키지도 않을 생각이군요?

로물루스 안 시키고말고.
율리아 그리고 시칠리아 섬으로 가는 것도 거부하구요?
로물루스 황제는 도망치는 게 아니지.
율리아 목이 떨어질 텐데요.
로물루스 그래서? 그렇다고 벌써부터 모가지 없는 놈처럼 굴란 말인가?

사이 침묵.

율리아 우린 지금까지 20년 동안 결혼생활을 해 왔어요, 로물루스.
로물루스 당신은 그 언짢은 사실을 가지고 무슨 이야길 하려는 거요?
율리아 우린 한때 서로 사랑한 적도 있었어요.
로물루스 그게 그짓이라는 건 당신도 잘 알고 있을 텐데.

사이 침묵.

율리아 당신은 그럼 오직 황제가 되기 위해서 저와 결혼했던 거란 말인가요?
로물루스 물론이지.
율리아 어떻게 그런 소릴 감히 내 앞에서 하세요!
로물루스 할 수 있는 소리지. 사실 우리의 이 결혼은 지겨운 것이었지 뭐였소? 그러나 나는 우리의 결혼에 대해 당신을 의심하게 하는 행위는 한 번도 저지른 적이 없었어. 나는 황제가 되기 위해 당신과 결혼을 했고 당신은 황후가 되기 위해 나와 결혼한 것이오. 당신이 나에게 시집 온 것은 내가 로마 최고의 귀족이었고, 당신은 발렌티안 황제의 딸이지만 노예의 몸에서 태어난 몸인 까닭이었지. 나는 당신을 당당한 공주로 끌어올렸고 당신은 내 머리에 황제의 관을 얹어 준 거요.

사이 침묵.

율리아 그러니까 우린 서로 필요했던 거군요.
로물루스 그랬소.
율리아 그러니까 이제 나와 함께 시칠리아 섬으로 가는 것도 당신의 의무예요. 우리는 떨어질 수 없는 몸이에요.
로물루스 나는 이제 당신에게 아무 의무도 없소. 당신에게 필요한 건 다 주었어. 당신은 황후가 되지 않았소?
율리아 당신도 절 비난할 건 없어요. 우린 서로 같은 것을 했으니까요.
로물루스 아니지. 우리는 같은 걸 하지는 않았소. 당신이 한 것과 내가 한 것엔 무한한 차이가 있는 거요.
율리아 저는 그렇게 생각 하지 않아요.
로물루스 당신은 명예 때문에 나와 결혼한 거요. 당신이 한 일은 모두 다 명예욕 때문이었소. 그것 때문에 지금도 당신은 이미 다 끝장 난 전쟁을 포기하려 하지 않는단 말이오.
율리아 나는 조국을 사랑하기 때문에 시칠리아 섬으로 가는 거예요.

로물루스 당신은 조국이 무엇인지 결코 알지 못하오. 당신이 사랑하는 것은 국가라는 추상적인 이념뿐이고, 그 때문에 당신은 우리의 결혼을 통해 황후가 되었던 것이오.

둘은 다시 침묵.

율리아 좋아요. 나도 그렇다면 진실을 밝히겠어요. 서로 솔직히 털어놓읍시다. 나는 명예욕에 사로잡혀 있었어요. 나에게는 황족의 지위밖에 없어요. 나는 마지막으로 위대한 황제였던 율리우스 황제의 후손이고, 그걸 자랑으로 생각해요. 그런데 당신은 뭐죠? 파산한 귀족의 아들? 그렇지만 당신도 명예욕에 사로잡혀 있어요. 그렇지 않았다면 당신은 세계 제국의 황제가 되지 않고 무명인으로 남아 있었을 테니까요.

로물루스 그건 내가 명예욕 때문에 한 것이 아니라 필요했기 때문에 한 것이오. 당신에게 목적이었던 것이 내게는 수단이었소. 나는 오직 정치적인 견해를 가졌기 때문에 황제가 된 것이오.

율리아 당신이 정치적 견해를 가진 때가 있었나요? 황제가 되고 20년 동안 먹고, 마시고, 자고, 글 읽는 것 외에는 닭 치는 것이 고작이었죠. 당신은 이 시골집을 떠난 적도 없어요. 수도에는 발도 디딘 적이 없죠. 재정을 극도로 파산지경에 몰아넣어 지금 생활은 품팔이 생활과 다를 게 없어요. 당신의 유일한 재주는 당신을 없애 버리려는 모든 생각을 재치있게 부숴 버리는 것뿐이죠. 그런 당신의 행동이 그 무슨 정치적 견해에서 나왔다는 건 말도 안 되는 거짓이에요. 네로의 과대망상증이나 카라칼라의 미친 짓도 당신의 양계업에 비하면 위대한 정치였다구요. 당신에겐 게으름밖에 없어요.

로물루스 맞았소. 아무것도 하지 않는 것이 바로 내 정치적 견해요.

율리아 그러니까 당신 같은 사람은 황제가 될 필요가 없었단 말예요.

로물루스 오직 황제가 되어야만 내가 아무 일도 하지 않는 것이 의미를 가지는 거였소. 내가 개인적으로 태만하다는 것은 아무 쓸데없는 일이지.

율리아 그리고 황제가 태만하다는 건 국가의 위험을 초래하는 거구요.

로물루스 이보시오.

율리아 왜요? 무슨 말을 하시려고요?

로물루스 당신은 내가 태만했던 의도의 이면을 알고 있을 거요.

율리아 국가의 필연성을 의심한다는 건 말도 안 돼요.

로물루스 난 국가의 필연성을 의심한 것이 아니라 단지 이 나라의 필연성을 의심한 것이오. 우리 제국은 세계적 제국이 되었고, 그렇게 해서 타국을 희생시켜 가며 공공연한 살인, 고문, 탄압, 약탈의 기구가 된 것이오.

율리아 당신이 이 세계적인 로마제국을 그렇게 생각하셨다면 왜 황제가 되었는지 도저히 알 수가 없군요.

로물루스 세계적인 로마제국이 수백 년 동안을 유지해 온 것은 오직 황제가 있었기 때문이오. 이 제국을 와해시키기 위해서 나에겐 황제가 되는 길밖에 없었소.

율리아 당신이 미쳤거나 세상이 미쳤거나 둘 중의 하나겠군요.

로물루스 난 세상이 미친 거라고 생각하지.

율리아 그러니까 당신은 단순히 로마제국을 멸망시키기 위해서 나와 결혼했던 거군요.

로물루스 바로 그거였지.

율리아 그러니까 당신은 처음부터 로마의 멸망만 생각했군요.

로물루스 그렇소.

율리아 당신은 제국을 구할 수 있음에도 불구하고 고의로 사보타주했군요.

로물루스 물론이오.

율리아 당신은 그러니까 단순히 우리 뒤통수를 치기 위해서 그렇게 시니컬하게 굴었구요.

로물루스 당신이라면 그렇게 표현할 수도 있겠지.

율리아 당신은 날 속였어요.

로물루스 당신은 나를 통해 스스로 속았던 것뿐이오. 당신은 나도 당신과 같은 권력의 노예라고 믿었고, 계산을 했지만, 그게 틀렸던 것이지.

율리아 당신의 계산만 맞아떨어졌구요.

로물루스 로마는 망하는 것이오.

율리아 당신은 로마의 반역자예요!
로물루스 아니지. 나는 로마의 재판관일 뿐이야.

　　　그들은 입을 다문다. 그러다가 실의에 찬 황후는 소리를 지른다.

율리아 여보!
로물루스 이제 시칠리아 섬으로 가구려. 난 이제 더 이상 당신에게 할 말도 없소.

　　　황후 율리아 천천히 나간다. 배후에서 아킬레스가 들어온다.

아킬레스 폐하.
로물루스 잔이 비었구나. 새로 한 잔 더 따라라.

　　　아킬레스 술을 따른다.

로물루스 너 떨고 있구나.
아킬레스 그렇습니다, 폐하.
로물루스 웬일이냐?
아킬레스 전황에 대해서 말씀드리면 폐하께선 좋아하지 않으시겠지요?
로물루스 그건 엄금하지 않았느냐? 전황에 대해선 난 이발사하고만 이야길 나눌 뿐이다. 그래도, 그것에 대해 뭘 좀 이해하는 놈은 그놈뿐이거든.
아킬레스 카푸아가 함락되었습니다.
로물루스 그렇다고 그게 포도주를 엎지를 이유는 안 돼.
아킬레스 용서하십시오.(허리를 굽힌다)

로물루스 이제 가 자거라.
아킬레스 레아 공주님께서 폐하를 뵙고자 하십니다.
로물루스 들여보내게.

> 아킬레스 뒤로 퇴장하고, 레아가 그쪽에서 들어온다.

레 아 아버님.
로물루스 이리 오너라, 아가. 이리 와 앉거라.

> 레아는 로물루스 옆에 앉는다.

로물루스 그래 내게 무슨 할 말이 있느냐?
레 아 로마가 위험합니다, 아버님.
로물루스 이 밤에는 모두가 하나같이 정치 이야기를 하려 하니 이상하구나. 정치 이야기 같은 건 점심식사 때나 하는 건데.
레 아 그럼 무슨 이야길 해야 한다는 거예요?
로물루스 밤에 딸이 아버지에게 할 수 있는 그런 이야길 해야지. 네게 가장 귀중한 것에 관한 이야기를.
레 아 제겐 로마가 가장 귀중해요.
로물루스 네가 그렇게 기다리던 에밀리안은 이제 그렇게 사랑하지 않고?
레 아 그런 게 아니잖아요, 아버지.
로물루스 하지만, 그전처럼 그렇게 뜨겁게 사랑하지는 말아라.
레 아 전 그이를 제 생명보다 더 사랑해요.
로물루스 그러면 에밀리안에 관한 이야기나 해 주렴. 네가 그를 진정으로 사랑한다면 네겐 이 타락한 로마보다 그가 더 중요할 것이다.

침묵.

레 아   아버님, 절 케사르 루프와 결혼하게 내버려 두어 주세요.

로물루스   그 루프라는 작자는 돈을 가지고 있기 때문에 마음에 들기는 한다만, 그놈은 받아들일 수 없는 조건을 내세운단 말이다.

레 아   그는 로마를 구할 거예요.

로물루스   그것이 바로 나를 기분 나쁘게 하는 거란 말이다. 로마제국을 구하겠다는 바지 공장 주인이라면, 그는 미친놈임에 틀림없어.

레 아   달리 로마를 구해 볼 도리가 없지 않아요?

로물루스   그건 나도 인정한다. 달리 도리가 없어. 돈으로 구해지거나 멸망하거나지. 즉 파국적인 자본주의냐 아니면 자본주의적인 파국주의냐, 이 둘 중의 하나를 선택해야 하는 거란 말이다. 하지만 네가 케사르 루프하고 결혼할 순 없다. 넌 에밀리안을 사랑하고 있잖으냐?

침묵.

레 아   조국을 구하기 위해선 그를 떠나야 해요.

로물루스   그건 경솔한 말이다.

레 아   조국은 무엇보다도 중요해요.

로물루스 얘야, 넌 너무 비극만을 배웠구나.

레 아 조국을 이 세상의 무엇보다도 사랑하면 안 된다는 건 가요, 아버님?

로물루스 안 되지. 보다 인간을 사랑해야 한다. 자기 조국에 대해선 무엇보다도 회의적이어야 하는 거야. 조국이라는 것보다 더 쉽게 살인자가 되는 건 없으니까.

레 아 아버님!

로물루스 왜?

레 아 조국의 멸망을 모른 체할 수는 없어요.

로물루스 모른 체해야 하는 법이니라.

레 아 조국 없인 살 수가 없는 걸요.

로물루스 사랑하는 사람 없이는 살 수가 있느냐? 한 인간에게 충실하는 것이 한 국가에 대해 충실하는 것보다 훨씬 더 위대하고, 훨씬 더 어려운 일이니라.

레 아 조국에 관한 문제이지, 한 국가에 관한 문제가 아닙니다, 아버님.

로물루스 한 국가가 살인을 일삼기 시작할 때 그것은 조국이라고 불리우는 거란다.

레 아 우리의 무조건적인 조국애는 로마를 위대하게 만들었어요.

로물루스 그러나 우리의 그런 조국애가 로마를 선량하게 만들지는 못했다. 우리는 우리의 미덕을 가지고 야수를 살찌게 했을 뿐이다. 우리는 우리 조국의 위대성에 취해 있었다. 그러나 우리가 사랑하던 것이 이제는 아픔으로 변한 것이지.

레 아 아버지는 조국에 감사하는 마음이 없군요.

로물루스 그렇단다. 나는 자기 자식을 잡아먹는 국가에게 제발 맛있게 잡수쇼 하고 떠벌리는 저 비극의 주인공들과 같을 수는 없다. 가거라, 가서 에밀리안과 결혼을 해라!

침묵.

레 아 에밀리안은 절 버렸습니다, 아버님.

로물루스 네가 마음속에 순수한 사랑의 불꽃만 간직하고 있다면 너는 그 때문에 연인과 떨어질 순 없을 것이다. 그 사람이 널 버려도 너는 그를 사랑하고, 그가 죄를 지어도 너는 그를 떠나지 못할 거다. 하지만 조국은 버릴 수가 있는 거야. 조국이 살육의 장소, 망나니의 난무장이 되었을 때는 손을 떼는 거다. 조국에 대한 사랑이란 그럴 땐 무력한 것이 되어야 하는 거야.

침묵. 창을 통해서 왼쪽으로 사람의 정체가 방으로 들어온다. 그리고 정면의 어둠 속으로 사라진다.

레 아 그이는 제가 다시 그이에게 돌아간다 해도 절 거절할 거예요. 그이는 더 이상 절 생각지 않아요. 그이는 로마를 사랑할 뿐입니다.

로물루스 로마는 망해. 그러면 그에게도 네 사랑밖에 아무것도 남지 않게 된다.

레 아 무서워요.

로물루스 무서움을 이기는 방법을 배워라. 그게 우리가 오늘날 배워야 할 유일한 기술이니라. 무서움 없이 사물을 관찰하고, 옳은 일을 하는 기술. 나는 내 일생을 그걸 배우는 데 소비해 왔다. 너도 그것을 배우거라. 자, 이제는 그에게로 가거라.

레 아 알겠어요, 아버지. 그렇게 하겠어요.

로물루스 그래야지. 그래서 내가 널 귀여워하는 게 아니냐. 에밀리안에게로 가는 거다. 자, 내게는 작별을 고하고, 날 다시 보지는 못할 것이다. 난 죽게 될 테니까.

레 아 아버지!

로물루스 게르만인들은 날 죽이겠지. 난 늘 이 죽음을 계산에 넣어 왔단다. 그게 내 비밀이었다. 나는 나 자신을 희생하는 동시에 로마를 희생시키는 것이다.

  침묵.

레 아 아버지!

로물루스 그래도 너흰 살 것이다. 자 가거라. 에밀리안에게로……

  레아, 천천히 퇴장한다. 정면 배후에서 피라무스가 나온다.

피라무스 폐하.

로물루스 무슨 일인고?

피라무스 황후께서 출발하셨습니다.

로물루스 잘 되었군.

피라무스 폐하, 자리에 드시지 않겠습니까?

로물루스 아니, 아직 누구와 이야기를 좀 나눠야 할까 보다. 술잔을 하나 더 가져오너라.

피라무스 분부대로 하겠사옵니다, 폐하. (술잔을 하나 더 가져온다)

로물루스 네 잔은 오른쪽에 놓고 술을 따라라.

피라무스는 잔을 채운다.

로물루스 그리고 내 잔도.

피라무스, 술을 따른다.

피라무스 이제 70년산 포도주는 동이 났습니다.

로물루스 그럼 가서 자거라.

피라무스는 허리를 굽혀 보이며 퇴장한다. 로물루스는 발소리가 멀어져서 들리지 않을 때까지 움직이지 않고 앉아 있다.

로물루스 자, 에밀리안, 이제 나오너라. 우리 둘뿐이다.

에밀리안 천천히 정면에서 등장. 검은 망토를 걸치고 있다.

에밀리안 제가 여기 있는 줄 어떻게 아셨습니까?

로물루스 넌 조금 전에 창문을 넘어서 이 방으로 들어오지 않았느냐? 내 술잔에 네 모습이 비쳤느니라. 자 앉거라.

에밀리안 서 있겠습니다.

로물루스 넌 늦은 시간에 날 찾아왔구나. 자정인데, 벌써.

에밀리안 자정에 하는 방문도 있습니다.
로물루스 너도 보다시피 난 너를 환영하고 있다. 널 맞기 위해 이 술잔에 맛이 훌륭한 팔레론산의 술을 부어 놓았지. 건배를 하자.
에밀리안 그러죠.
로물루스 너의 귀향을 위해!
에밀리안 이 자정에 이루어질 일을 위해 건배!
로물루스 뭐라고?
에밀리안 우린 정의를 위해 건배를 하자고 했습니다, 폐하.
로물루스 정의라는 건 다 지겨운 데가 있는 거라네, 에밀리안.
에밀리안 제 상처만큼이나 지겨운 거죠.
로물루스 자, 그럼 정의를 위해서.

그는 불을 손으로 끈다. 그러나 달빛이 방 안 가득 밀려든다.

에밀리안 우리뿐입니다. 로마의 황제와 게르만의 감옥에서 돌아온 자가 정의를 위해서 핏빛의 팔레론산 술이 담긴 술잔으로 축배를 했다는 걸 증언할 사람은 이 깊은 밤 이외는 아무도 없습니다.

로물루스 일어선다. 그들은 술잔을 부딪친다. 그 순간 누군가 비명을 지른다. 황제의 소파 밑에서 내무장관 툴리우스 로툰두스의 머리가 나온다.

로물루스 아이구 이런! 웬일이오, 내무장관?
툴리우스 로툰두스 폐하께서 제 손가락을 밟으셨습니다.

그는 신음을 하며 기어 나온다. 그도 검은 망토를 둘렀다.

로물루스 그거 미안하게 되었소. 내무장관이 내 의자 밑에 있었으리라곤 꿈에도 몰랐구려. 손에서 피가 나는구먼, 툴리우스 로툰두스.

툴리우스 로툰두스 놀라서 이 칼에 손을 베었습니다.

로물루스 칼을 빼들고 있을 때는 각별히 조심을 해야지, 로툰두스.

그는 왼편으로 간다.

에밀리안 폐하, 시종들을 부르시려는 겁니까?

그들은 서로 마주 보고 선다. 에밀리안은 적의에 차서 단호한 태도이고, 로물루스는 웃고 있다.

로물루스 그렇지 않다, 에밀리안. 너도 아다시피 그들은 자정이면 다 잔다. 그렇지만 다친 이 내무장관은 치료해 줘야 할 것 아니냐?

그는 전경의 왼쪽 벽장으로 가서 문을 연다. 그 속엔 동로마의 황제 제노가 몸을 웅크리고 서 있다.

로물루스 용서하시오, 동로마 황제. 황제께서 여기 내 벽장 속에서 주무시고 있는 줄은 몰랐소.

제 노 괜찮습니다. 콘스탄티노플에서 피난 나온 후론 이런 고생엔 익숙해 있으니까요.

로물루스 그런 고생을 하다니 정말 안됐소그려.

제노가 벽장에서 나온다. 그도 역시 검은 망토를 입고 있다. 놀라면서 주위를 둘러본다.

제 노 아니, 여기 누가 또 있습니까?

로물루스 상관 마시오. 모두 아주 우연히 이리로 오게 된 사람들이니까.

그는 벽장 위칸에서 수건을 꺼낸다.

로물루스 어이쿠, 이 속에 누가 또 있군.

제 노 저의 시종 술프리데스가 있습니다.

술프리데스가 내려온다. 굉장히 키가 크다. 역시 검은 망토를 걸치고 있다. 로물루스에게 장엄하게 인사를 한다. 로물루스는 그를 찬찬히 살핀다.

로물루스 어서 오게, 이 친군 다른 벽장에서 자게 할 수도 있었을 텐데 그랬구려, 동로마 황제. 그런데 당신의 또 한 명의 시종 포스포리도스는 어디서 자게 하셨소?

제 노 폐하의 침대 밑에 있습니다.

로물루스 고생을 시켜선 안 되지. 걱정 말고 기어 나오게.

키가 아주 작은 포스포리도스가 황제의 침대 밑에서 기어 나온다. 역시 검은 망토를 입고 있다. 로물루스는 그에게 어서 나오라고 손짓을 한다.

로물루스 잘 잤나?

그는 다시 자리에 앉으며 툴리우스 로툰두스에게 수건을 내준다.

로물루스 자, 이 수건으로 상처를 처매시오, 내무장관. 난

피를 좋아하지 않으니 말이야.

그때 오른쪽 벽장 문이 또 열리면서 스푸리우스 테투스 맘마가 쿵쾅거리며 뛰어내린다.

로물루스 아니, 저 운동가는 아직도 자지 않고 있나?
스푸리우스 티투스 맘마 아 피곤해! 피곤해 죽겠구나!

그는 비틀거리며 몸을 일으킨다.

로물루스 스푸리우스 티투스 맘마, 자네 칼을 떨어뜨렸네.

스푸리우스 티투스 맘마는 후닥닥 떨어뜨린 비수를 집어들어 재빨리 그의 검은 망토 속으로 숨긴다.

스푸리우스 티투스 맘마 아, 난 110시간이나 잠을 못 잤어!
로물루스 혹시 여기 누가 또 있으면 자, 이리 나오너라.

왼쪽 소파 밑에서 마레스가 병사 하나를 앞세우고 기어 나온다. 둘 다 검은 망토를 걸치고 있다..

마레스 용서하십시오, 폐하. 신하로서 긴히 드릴 말씀이 있어서……
로물루스 긴히 할 말이 있어서 동행한 이 작자는 누구인가, 총사령관?
마레스 저의 부관입니다.

그때 황제의 소파 밑에서 높고 흰 모자를 쓴 요리사가 기어나온다. 그도 역시 검은 망토를 입고 있다. 황제는 처음으로 눈에 띄게 놀란다.

로물루스 아니 요리사, 너까지?

요리사는 시선을 떨구고 반원을 그리면서 황제를 둘러싸고 있는 사람들에게로 걸어가 합세한다.

로물루스 이제 보니 모두 검은 옷을 입었구나. 그런데 모두들 내 침대 밑이며 소파며, 벽장 속에서 나오니 그 불편한 곳에서 자정까지 있었단 말인가? 도대체 무엇 때문에?

쥐죽은 듯 고요하다.

툴리우스 로툰두스 폐하께 말씀드릴 게 있었습니다.

로물루스 그런 줄 알았으면 나에게 할 말이 있는 사람들은 그전에 비좁은 곳에서 견디는 운동을 해 두어야 한다는 규정을 궁정의식으로 정해 놓을 걸 그랬구려.

그는 일어서서 초인종을 누른다.

로물루스 피라무스! 아킬레스!

뒷면으로부터 두 사람, 잠옷 차림에 뾰족한 모자를 쓰고 벌벌 떨면서 급히 등장한다.

아킬레스 폐하!
피라무스 폐하!
로물루스 아킬레스, 내 토가를! 그리고 피라무스, 그대는 황제의 월계관을!

아킬레스가 그의 어깨에 토가를 걸쳐 주고, 피라무스는 월계관을 씌어 준다.

로물루스 이 탁자와 술병은 내가거라, 아킬레스. 잠시 동안 엄숙해야겠으니.

두 사람은 탁자를 오른쪽으로 가져간다.

로물루스 자, 이젠 다시 자러들 가거라.

피라무스와 아킬레스, 몹시 허둥대며 허리를 깊이 굽혀 보이고 뒤로 퇴장한다.

로물루스 황제는 경들의 말을 들을 준비가 다 되었소. 무슨 말들이오?
툴리우스 로툰두스 저희들은 영토의 반환을 요구합니다.
마레스 폐하의 군대도.
에밀리안 폐하의 제국도.

도끼로 찍은 듯한 침묵.

로물루스 짐이 경들에게 답변할 의무가 있는 것은 아니로다.
에밀리안 폐하는 로마에게 답변을 해야 할 의무가 있습니다.
제 노 역사에 대해 책임을 져야 하오.
마레스 폐하께서는 우리의 힘에 의지해 왔던 겁니다.
로물루스 나는 그대들의 힘에 의지한 적이 없소. 만일 내가 경들의 도움으로 세계를 정복했다면 경들은 그렇게 말할 권리가 있을 거요. 그러나 나는 잃기만 했을 뿐이오. 그리고 그 잃은 세계는 경들이 얻어다 준 것도 아닌 것이었고, 나는 그것을 싫증 난 동전처럼 던져 버렸소. 나는 자유요. 나는 경들과 아무것도 도모한 것이 없소. 경들은 내 빛 주위에서 춤을 춘 나방에 불과한 존재들이지. 그래서 그들은 빛을 비춰 주지 않으면 쓰러져 가는 그림자 이외엔 아무것도 아니란 말이오.

공모자들은 그의 앞에서 벽 쪽으로 비켜난다.

로물루스 내가 답변할 의무가 있다면 그건 경들 중의 단 한 사람에게 뿐일 거요. 이제 그 사람에게 이야기할 것이오. 자 나오너라, 에밀리안.

에밀리안, 오른쪽으로부터 천천히 그의 앞으로 나선다.

로물루스 나는 너를 아들처럼 사랑해 왔다, 에밀리안. 너는 나처럼 저항하지 않는 인간에 맞선 마지막 대결자다. 넌 수치에 수치를 당하면서도 끊임없이 권력에 희생이 되는 그런 인간이로구나, 에밀리안. 넌 내게서 무엇을 원하는 게냐?

에밀리안 답변을 요구합니다, 로물루스 폐하.

로물루스 답변을 하마.

에밀리안 당신은 백성이 게르만족의 손아귀에 넘어가는 걸 막기 위해 무엇을 하셨습니까?

로물루스 아무것도 하지 않았다.

에밀리안 로마가 저처럼 수치스런 일을 당하지 않도록 하기 위해선 무슨 조처를 취하셨습니까?

로물루스 아무 조처도 취하지 않았다.

에밀리안 그러면서도 스스로를 정당화시키려는 것입니까? 당신은 당신 제국에 반역한 죄로 고발당하고 있는 것입니다.

로물루스 내가 내 제국을 반역한 것이 아니라 로마가 스스로를 반역한 것이다. 진리를 알면서도 폭력을 택했고, 인도를 알면서도 폭정을 택했다. 로마는 스스로를 이중으로 깎아 내렸어. 자기 자신 앞에서도 그랬고, 또 자기 세력 안에 들어온 다른 민족들 앞에서도 그랬다. 너는 왕좌 앞에 서 있으면서도 그걸 못 보고 있구나. 나를 마지막으로 지금까지 이어 온 이 왕좌를 똑바로 보도록 해주마. 이 쌓이고 쌓인 해골의 그 밑바닥을 적시고 있는 피의 바다, 이것이 로마 권력의 최고 점에 있는 왕좌의 모습이다. 로마 역사의 이 거대한 탑 꼭대기로부터 너는 무슨 대답을 듣고 싶으냐? 나와 다른 사람들의 수많은 아들들의 시체 위에 군림하면서 전쟁이 로마의 명예를 위해서 그리고 야수들이 로마의 함락을 위해서 쌓아올린 희생의 산더미 위에서 내려다보며 내가 너의 하잘것없는 상처에 대해 무슨 말을 할 수 있겠느냐? 로마는 쇠약해졌고, 비틀거리는 백발의 노파가 되었지만, 그 죄는 가벼워질 수가 없는 것이다. 그래서 하룻밤 새에 세상은 바뀌고 그 희생자들의 저주가 실현된 것이지. 이제 쓸모 없는 나무는 베어질 것이다. 그 밑동에는 이미 도끼가 닿았지. 게르만이 오고 있는 것이다. 우리가 남의 피를 흘리게 했으니 이젠 우리의 피로 이를 갚아야 한다. 얼굴을 돌리지 마라, 에밀리안. 네 만신창이

몸뚱이보다 더 무시무시한 우리 역사의 태고적부터의 범죄에 미역 감은 내 왕좌 앞에서 고개를 돌리지 말라. 우리는 방금 정의를 위해 축배를 들었다. 이 정의의 문제가 바로 여기 있다. 내 물음에 대답해 보라. 우리는 아직도 저항할 권리가 있는가? 우리는 우리 자신이 희생되는 것밖에 또 무슨 권리가 있단 말이냐?

에밀리안, 아무 대답도 없다.

로물루스 대답이 없구나.

에밀리안은 황제를 둘러싸고 있는 사람들에게로 천천히 돌아간다.

로물루스 넌 저자들에게로 가는구나. 이 한밤중에 나에게 기어들어 온 자들에게로. 우리 서로 정직하자. 나와 너 사이엔 조금의 거짓도 없어야 한다. 너희들이, 너희들의 검은 망토 밑에 감추고 있는 것이 무엇인지 나는 잘 알고 있다. 그러나 너희들은 잘못 생각하고 있는 것이다. 너희들은 빈손으로 앉아 있는 자에게 덤벼든다고 생각하겠지만 난 진실의 발톱을 들고 너희들에게 덤벼든다. 그리고 정의의 이빨로 너희를 물어뜯겠다. 내가 공격을 받는 것이 아니라 내가 고발을 하는 것이다. 막아 보아라. 너희들은 너희들이 서 있는 줄을 모르고 있는 거다. 너희는 무엇 때문에 겨울 밤의 달처럼 파리하게 질려 가지고 내 방 벽에 벙어리가 되어 붙어 있느냐? 너희들에게는 단지 한 마디의 대답밖에 없다. 내가 틀렸다고 믿으면 나를 죽여라. 또한 우리가 더 이상 방어할 권리가 없다는 것이 진실이라면 게르만족에게 항복해라. 자, 대답을 해 봐라.

그들은 모두 입을 다물고 있다.

로물루스 대답을 해 보란 말이야!

이 때 에밀리안이 비수를 높이 든다.

에밀리안 로마 만세!

모두들 비수를 뽑아 들고 로물루스에게 다가선다. 로물루스 움직이지 않고 태연히 앉아 있다. 비수들이 그의 머리 위로 모여든다. 이때 뒤에서 겁에 잔뜩 질린 째지는 듯한 목소리가 들려온다. '게르만이 왔다'고. 로물루스를 에워싸고 있던 무리들은 공포에 질려 창문과 문으로 와르르 뛰어나간다. 황제는 움직이지 않고 앉아 있다. 얼굴이 파랗게 질린 피라무스와 아킬레스가 들어온다.

로물루스 게르만인들은 도대체 어디 있느냐?
피라무스 놀라에까지 와 있습니다, 폐하.
로물루스 그런 걸 왜 소릴 지르고 야단이었느냐? 거기서라면 내일이나 되어야 여기 도착할 텐데 난 이제 잠을 자야겠다. (일어난다)
피라무스 그렇게 하십시오, 폐하. (황제의 토가와 월계관과 잠옷 가운을 벗긴다)
로물루스 (침대께로 가며 멈칫하며) 아킬레스, 여기 또 한 친구가 내 침대 앞에 누워 있구나.

시종이 불을 밝힌다.

아킬레스 스푸리우스 티투스 맘만데, 코를 골고 있습니다.
로물루스 맙소사, 이 운동가가 이제야 드디어 자는구나, 눕혀 뒤라.

그는 스푸리우스 티투스 맘마의 몸을 넘어 침대에 오른다. 피라무스는 불을 끄고 아킬레스와 함께 어둠 속으로 사라진다.

로물루스 피라무스!
피라무스 부르셨습니까, 폐하?
로물루스 게르만인들이 오거든 이리 들여보내라.

제 4 막

기원 476년 3월 15일이 지난 그 이튿날 아침. 황제의 집무실은 1막과 같다. 로마를 건설한 로물루스 황제의 흉상만이 정면 문 위에 남아 있다. 문 옆에는 아킬레스와 피라무스가 서서 황제를 기다리고 있다.

아킬레스 날씨 한번 좋군. 상쾌한 아침이야.

피라무스 난 이런 멸망의 날에도 해가 떴다는 사실이 이해가 안 돼.

아킬레스 이젠 자연조차도 신용할 수가 없게 되어 버렸네.

침묵.

피라무스 우린 60년간을 열한 분의 황제를 모시며 로마제국에 봉사해 왔지. 그런데 그 로마가 우리가 살아 있는 동안에 끝이 나다니, 난 그걸 이해할 수가 없단 말이야, 역사적으로.

아킬레스 난 아무 죄도 없어. 난 언제나 충실한 시종이었을 뿐이니까.

피라무스 우린 어느 모로 보든 간에 이 제국에서 정말 유일한 기둥이었어.

아킬레스 우리가 사임하면 사람들은 말할 테지, 이제 고대는 끝났다고!

침묵.

피라무스 생각좀 해 보게. 이젠 라틴어나 그리스어가 아니고, 생각지도 못할 게르만어를 써야 할 때가 온다는걸.

아킬레스 우리 문화의 근처에도 못 미치는 게르만의 우두머리들이나 중국인, 그리고 아프리카인들이 세계정치의 열쇠를 손에 쥔다는 걸 상상해 보게. 어쨌든 이제 새로 시작되는 시대는 몸서리 나는 시대일 것임엔 틀림이 없어.

피라무스 완전히 암흑 속에 싸인 중세가 되겠지. 비관주의자가 되자는 건 아니지만 오늘의 이 멸망은 아무리 오랜 시일이 걸려도 복구할 수가 없을 걸세.

로물루스가 토가에 월계관을 쓴 차림으로 등장한다.

피라무스와 아킬레스 편안히 주무셨나이까, 폐하.

로물루스 그래, 내가 늦었구나. 예기치 않았던 접견 때문에 좀 피로했던 모양이지. 간밤엔 내 즉위 20년 동안을 합친 것보다 더 많은 정치를 했다.

아킬레스 지당하신 말씀입니다, 폐하.

로물루스 이상할 정도로 조용하구나. 아주 황량하고 모두 다 가 버린 것 같으니……

침묵.

로물루스 내 딸 레아는 어디 있느냐?

침묵.

아킬레스 공주께선…….
피라무스 그리고 에밀리안과……
아킬레스 그리고 황후께서도……
피라무스 그리고 내무장관, 그리고 제국의 총사령관, 요리사, 그리고 다른 사람들도 모두…….

침묵.

로물루스 어떻게 되었다는 게야?
아킬레스 뗏목을 타고 시칠리아로 가시다가 파도에 뒤집혀 그만 익사를 하셨다고…….
피라무스 어떤 어부가 소식을 전해 왔습니다.
아킬레스 이사우리에르의 제노만이 시종들과 같이 정기선에 구조되어 알렉산드리아로 갔다 하옵니다.

침묵. 황제는 조용히 있다.

로물루스 내 딸 레아와 내 아들 에밀리안…….

그는 두 시종을 찬찬히 바라본다.

로물루스 너희들 눈에선 눈물을 볼 수가 없구나.
아킬레스 소신들은 늙었사옵니다.
로물루스 그리고 나도 죽어야겠지. 게르만들이 나를 죽일 게다, 오늘 중으로. 그래, 나는 이미 고통이라는 걸 모르게 되었어. 곧 죽을 사람은 죽은 사람을 슬퍼하지 않는 법이지. 모든 것이 끝난 지금처럼 마음이 평온하고 맑았던 적은 일찍이 없었던 듯싶구나, 아침상을 가져오너라.

피라무스 조반이요?

아킬레스 하지만 폐하, 게르만인들이 언제 올지······.

피라무스 그리고 국상에 대해선······.

로물루스 쓸데없는 소리. 국상이 난 걸 슬퍼할 수 있는 제국은 이미 존재하지 않는다. 그리고 난 나 자신이 여 껏 살아온 것처럼 죽으려는 것이다.

피라무스 알겠습니다, 폐하.

> 로물루스는 정면 중앙에 있는 의자에 앉는다. 피라무스가 작은 탁자를 가져온다. 식탁엔 황제를 위해서 평상시와 같은 하찮은 음식이 놓인다. 황제는 심각하게 조반 그릇들을 바라본다.

로물루스 너희는 왜 내 마지막 아침상에 이따위 초라한 양철 접시들을 놓느냐? 다 쭈그러진 것들을?

피라무스 제국 식기는 모두 황후께서 가져가셨습니다. 자기 아버님 것이라고요.

아킬레스 지금쯤은 모두 바다 밑에 잠겨 있겠지요.

로물루스 할 수 없군. 이 마지막 조찬에는 이런 것들이 더 어울릴는지도 모르겠다.

> 그는 달걀을 깨뜨린다.

로물루스 물론 아우구스투스는 또 알을 낳지 않았겠지?

피라무스는 아킬레스에게 도움을 청하듯 바라본다.

피라무스 예, 낳지 않았습니다, 폐하.
로물루스 티베리우스는?
피라무스 율리에르도 낳지 않았습니다.
로물루스 플라비에르는?
피라무스 도미티안도 낳지 않았습니다. 폐하가 원하는 달걀은 이상하게도 하나도 없습니다. (그는 달걀을 스푼으로 두드려 보인다)
피라무스 여느 때와 마찬가지로 마르크 아우렐이 낳은 것입니다.
로물루스 그 밖에는 또 누가 낳았는고?
피라무스 오도아케르입니다.

그는 좀 난처해한다.

로물루스 보자!
피라무스 이렇게 3개나 낳았습니다, 폐하.
로물루스 그래? 그놈이 오늘은 기록을 세웠구나.

우유를 마신다.

로물루스 너희들은 몹시 엄숙하구나.
아킬레스 저희는 오늘까지 폐하를 20년 동안 모셔 왔습니다.
피라무스 그리고 그전 40년 동안은 폐하의 선왕이신 열 분의 황제를 모셨고요.

아킬레스 저희들은 제국에 봉직하느라고 60년간을 쓰라린 가난 속에서 살아왔습니다.

피라무스 어떤 마부라도 황제의 시종보다는 많은 보수를 받았습니다. 언젠가 한 번은 말씀드려야 했던 일입니다, 폐하.

로물루스 그건 인정한다. 하지만 이것도 알아 둬야 한다. 마부가 황제보다 더 많은 보수를 받았다는 사실을.

피라무스, 아킬레스에게 도움을 청하는 시선을 보낸다.

아킬레스 바지 공장 주인 케사르 루프가 소인들에게 자기집에 시종으로 오라고 제의해 왔습니다.

피라무스 연봉 4천 세스테르츠에 일주일에 사흘은 오후에 자유라고 합니다.

아킬레스 거기 가면 회고록을 집필할 만한 시간은 날 듯싶습니다.

로물루스 조건이 희한하게 좋구나. 마음대로 하거라.

그는 월계관을 벗어서 각각 잎사귀 한 잎씩을 떼어 준다.

로물루스 내 황금 관의 마지막 두 잎이다. 또한 나의 재위 중 마지막 지출이고.

전투가 벌어지고 있는 소리가 들려 온다.

로물루스 웬 소란이냐?

아킬레스 게르만인들이옵니다, 폐하!

피라무스 게르만인들이 왔습니다!
로물루스 자, 그럼 난 그들을 맞이해야겠구나.
피라무스 보검을 갖다 드릴까요?
로물루스 그게 여태 안 팔리고 있었단 말이냐?

피라무스는 아킬레스를 쳐다본다.

아킬레스 어떤 전당포에서도 잡으려 하질 않았습니다. 녹이 슨데다가 보석들을 벌써 폐하께서 빼어 쓰셨으니까요.
피라무스 가져올까요?
로물루스 그만두게. 원래 있던 자리에 내버려 두는 게 좋아.
피라무스 폐하께서 뭘 좀······.
로물루스 스파르겔 술을 좀더.

피라무스, 떨면서 술을 따른다.

로물루스 자, 너희는 가도 좋다. 더 이상 너희가 필요 없겠다. 그 동안 수고가 많았다.

두 사람 조심스럽게 퇴장한다. 황제는 한 잔의 스파르겔 술을 마신다. 오른쪽으로부터 게르만인 하나 등장. 그는 자연스럽게 행동한다. 마치 박물관에나 온 것같이 방 안을 둘러본다. 그리고 이따금 가죽 주머니에서 꺼낸 수첩에 무언가 적는다. 바지를 입고 넓고 가벼운 저고리에 여행모자까지 쓰고 있다. 허리에 찬 칼을 빼놓고는 전투복 같은 기분은 전혀 없다. 게르만인은 다른 것들을 살피다가 의연히 황제를 발견한다. 두 사람은 놀라서 쳐다본다.

게르만인 로마인이 아직도 있군.
로물루스 안녕하시오?

그는 그를 의심쩍어하는 눈으로 살핀다.

로물루스 당신 정말 게르만인이오?

게르만인 게르만 본토박이오.

로물루스 전혀 모르겠군. 타키투스는 당신들을 호전적이고 눈은 푸르며, 머리는 구리색이고, 몸집은 야만인들처럼 큰 사람들이라고 썼던데, 지금 당신을 보니 비잔티움의 정원사와 다름이 없어 보이는구려.

게르만인 나도 로마인을 아주 다르게 생각했댔소. 늘상 당신들의 용기에 대해서 들어왔는데 지금 보니 도망가지 않은 사람은 당신 하나뿐이구려.

로물루스 우린 서로 확실히 상대를 잘못 생각하고 있었던 것 같소. 지금 당신이 아랫도리에 걸치고 있는 것이 바지라는 기죠?

게르만인 맞습니다.

로물루스 정말 괴이한 옷이오. 도대체 어디로 단추를 끼우는 거요?

게르만인 앞쪽이오.

로물루스 그게 어떻게 흘러내리지 않고 붙어 있소?

게르만인 멜빵을 했지요, 바지 멜빵.

로물루스 거 바지 멜빵이라는 거 한 번 구경할 수 없겠소? 나로서는 도저히 그런 걸 입을 수 있을 것 같지가 않구먼.

게르만인 아 네, 구경시켜 드리지요.

게르만인은 칼을 벗어 로물루스에게 건네주고 윗도리의 단추를 벗긴다.

게르만인 바지 멜빵의 발명은 바지의 결함을 기술적으로 완전히 제거한 획기적인 발명이죠. 잔등 쪽을 한 번 보세요.

돌아서서 잔등을 보인다.

로물루스 거 참 실용적으로 잘 만들었는데.

그는 칼을 다시 내준다.

로물루스 당신 칼이오.
게르만인 예, 한데 마시는 게 뭡니까?
로물루스 스파르겔 술이오.
게르만인 맛 좀 볼 수 없을까요?

황제는 그에게 술을 따라 준다. 게르만인은 마시고 고개를 내젓는다.

게르만인 맙소사! 이런 걸 어떻게 마시오? 맥주가 훨씬 낫소. 그런데 선생께선 정원 연못 건너편에 정말 경탄할 만한 비너스 상을 가지고 계시더군요.
로물루스 그게 뭐 대단한 물건이겠소?
게르만인 진짜 프락시텔레스의 작품이던데요.
로물루스 뭐요? 아니, 난 여지껏 그걸 값어치 없는 모조품으로 알아 왔는데……, 하지만 이젠 골동품 상인도 가 버리고 없으니…….
게르만인 잠깐 (앉더니 스푼으로 달걀을 떠내 본다)

게르만인 질이 좋은데.
로물루스 당신 양계사요?
게르만인 양계광이요, 난.
로물루스 희한한데! 나도 역시 양계사요.
게르만인 당신도?
로물루스 그렇다니까.

    그들은 서로 유심히 바라본다.

게르만인 그럼 정원에 있는 닭들이 선생 거요?
로물루스 그렇소, 갈리아에서 수입해 들인 것이지.
게르만인 알을 잘 낳는가요?
로물루스 종자를 의심하는 거요?
게르만인 솔직하게 합시다. 알을 보아하니 별로 잘 낳을 것 같지가 않은데.
로물루스 맞았소. 우리 양계사끼리 이야기지만 알을 낳는 게 점점 줄어가니 걱정이오. 그저 정상인 건 한 마리뿐이지.
게르만인 회색 바탕에 노란 점이 있는 것 말이지요?
로물루스 그걸 어떻게 아시오?
게르만인 그건 내가 이탈리아로 보냈던 닭이니까요. 그놈이 남쪽 기후에서 제대로 견뎌내는지 알려고요.
로물루스 당신에게 축하해야겠소. 그건 정말 좋은 종자요.
게르만인 내가 직접 키운 놈이니.
로물루스 당신은 정말 일급 양계사 같소.

게르만인 국부로서 마땅히 그쯤은 되어야지요.
로물루스 국부? 도대체 당신은 누구시오?
게르만인 난 오도아케르요. 게르만의 영도자죠.
로물루스 당신을 알게 되어 반갑소.
오도아케르 그런데 선생께선?
로물루스 아, 난 로마의 황제요.
오도아케르 어이쿠, 이렇게 뵙게 되어 저 역시 반갑습니다. 내 앞에 있는 사람이 누구리라는 건 처음부터 알아뵀었습니다만.
로물루스 날 벌써 알아봤었다구요?
오도아케르 모른 척한 걸 용서하십시오. 서로 적인 두 사람이 단번에 알아차리고 대면한다는 건 좀 난처할 듯싶어서요. 그리고 정치에 관한 것보다는 양계에 관해서 먼저 이야기를 나누는 것이 나을 듯싶었습니다.
로물루스 용서는 내가 청해야겠소.

침묵. 황제는 수건으로 입가를 닦고 일어선다.

로물루스 각오는 되어 있소.
오도아케르 무슨 각오요?
로물루스 죽을 각오지.
오도아케르 죽기를 바라고 계셨나요?
로물루스 게르만이 포로를 어떻게 처리하느냐 하는 것은 세상이 다 아는 사실입니다.
오도아케르 로물루스 황제님, 황제께서도 일반 사람들처럼 자기의 적을 그렇게 피상적으로만 보십니까?

로물루스 당신도 나를 죽이는 수밖엔 없을 것 아니오?

오도아케르 그건 곧 아시게 될 겁니다. 폐하!

> 뒤쪽으로부터 무장을 한 난폭하게 생긴 용사가 들어온다. 그는 용맹해 보인다기보다도 원시적인 사나이로 보인다. 한 손엔 투구를 들었고, 한 손엔 전투용 도끼를 들고 있다.

조 카 부르셨습니까, 숙부님?

오도아케르 조카여, 로마의 황제 앞에 인사를 드려라.

조 카 네, 숙부님. (허리를 굽혀 보인다)

오도아케르 더 깊이.

조 카 네, 숙부님.

오도아케르 로마의 황제 앞이다. 무릎을 꿇어라.

조 카 네, 숙부님. (그는 무릎을 꿇는다)

로물루스 도대체 어쩌려는 겁니까?

오도아케르 일어나거라, 조카야.

조 카 네, 숙부님.

오도아케르 다시 나가 있거라, 조카야.

조 카 예, 숙부님. (밖으로 나간다)

로물루스 이건 이해할 수가 없구려.

오도아케르 로마의 황제님, 난 황제를 죽이러 온 것이 아닙니다. 나와 나의 온 종족을 황제께 맡기러 온 것입니다. 항복을 하러요.

> 오도아케르 또한 황제 앞에 무릎을 꿇는다. 로물루스는 몹시 어리

둥절해한다.

로물루스 무슨 미치광이 짓이오!

오도아케르 게르만인도 역시 이성에 따라 행동할 수가 있는 겁니다, 로마의 황제님.

로물루스 당신 비웃는 것이구려?

오도아케르 (다시 몸을 일으키며) 우린 닭에 대해 얘길 나눌 때 서로 의견이 상통했습니다. 이젠 민족에 대해서도 의견이 상통할 순 없을까요?

로물루스 말씀하시오.

> 둘은 자리에 앉는다. 로물루스는 침울한 얼굴이고, 오도아케르는 그런 로물루스를 세심하게 관찰한다.

오도아케르 제 조카를 보셨지요. 테오도릿히라고 합니다.

로물루스 그래서요?

오도아케르 예의 있는 청년이죠. '예, 숙부님. 잘 알았습니다, 숙부님.' 하루 종일 그 모양이죠. 그의 행동은 나무랄 데가 없습니다. 그는 내 민족을 그런 식으로 타락시키고 있습니다. 그는 계집애에겐 손도 안 대고, 물만 마시고, 마룻바닥에서 잠을 잡니다. 그리고 매일 무술을 연마하죠. 지금도 밖에서 무술 연마를 하고 있을 겁니다.

로물루스 그야말로 영웅이군요.

오도아케르 그는 게르만 사회에서 이상적으로 생각되는 청년이죠. 그는 세계 정복을 꿈꿉니다. 국민들도 그를 따라 같은 꿈을 꾸고요. 그래서 나는 이 정복사업을 일으키지 않을 수 없었습니다. 내 조카며, 문필가들이며, 그리고 전체 여론에 나는 단신으로 맞서 있었던 겁니다. 그러니 질 수밖에 없었지요. 나는 이왕 시작한 전쟁이라도 인도적으로 치르길 바라고 있습니다. 로마 사람들의 저항은 보잘것없었지만 남으로 남으로 진군함에 따라 우리 군대의 비행은 늘어만 갔습니다. 그건 우리 군대가 특별히 잔인해서가 아니라, 무릇 전쟁이란 것이 다 잔인한 것이기 때문이죠. 나는 아주 질려 버렸습니다. 그래서 전쟁을 중단하려 노력했고, 바지 공장 주인의 돈을 받아들이려는 결심도 서 있었습니다. 아직은 군 수뇌들을 매수할 수가 있고, 내 뜻대로 조종할 수도 있으니까요. 그러나 얼마 안 있어 그것도 불가능해질 것입니다. 그때는 이미 게르만이 한 영웅의 손아귀에 들어가 있을 테니까요. 날 구해 주십시오, 로물루스. 당신이 내 유일한 희망입니다.

로물루스 무엇에 대한 희망이란 말이오?

오도아케르 내 생명을 구할 수 있는 유일한 희망이오.

로물루스 당신은 위협을 받고 있습니까?

오도아케르 내 조카는 아직 고분고분하고 깍듯합니다. 그러나 언젠가는, 그것도 수년 내로, 그는 날 살해할 것입니다. 나는 게르만적 충성심이 무엇인가를 잘 알고 있죠.

로물루스 그러면 그런 이유로 당신은 나에게 항복을 하시려는 겁니까?

오도아케르 나는 평생을 두고 위대한 인간을 찾아 헤맸습니다. 내 조카와 같은 그릇된 위대함이 아닌 진정한 위대함을 찾아 헤매 왔습니다. 내 조카는 필경 후세에 테오도릿히 대왕이란 칭호를 받게 될 겁니다. 전 역사가들이 어떤 사람들이라는 걸 잘 알고 있으니까요. 그러나 나는 농사꾼으로, 전쟁을 싫어합니다. 나는 게르만의 원시림 속에서는 찾을 수 없는 인간성을 찾고 있었던 것이지요. 나는 그것을 당신에게서 찾아냈습니다. 당신의 의전실장 애비우스가 당신을 꿰뚫어 보았더군요.

로물루스 그럼 애비우스는 당신의 부탁으로 내게 와 있었던 것인가요?

오도아케르 그는 나의 스파이였습니다. 그러나 그는 나에게 좋은 것을 보고해 왔어요. 한 인간에 관해서, 올바른 인간에 관해서, 바로 당신 로물루스에 관해서 말입니다.

로물루스 한 바보에 관한 보고를 했겠군요. 오도아케르, 나는 나의 온 생애를 로마제국의 붕괴에 바쳐 왔습니다. 난 이미 죽을 각오가 되어 있었고, 나 자신을 희생할 각오도 되어 있었기에 전 로마제국에 크나큰 희생을 요구해 왔던 겁니다. 나는 속수무책으로 가만히 앉아 있음으로 국민의 피를 흘리게 했습니다. 그래야만 내 피를 흘릴 수 있기 때문이기도 했지요. 그런 내가 이제 살아야 한단 말입니까? 내 희생이 받아들여질 수가 없는 거란 말입니까? 내가 나 혼자 살기 위해 발버둥치다 요행히 살아남은 놈처럼 살아 남아야 한단 말입니까? 그리고 그뿐이 아니오. 당신이 오기 전에 나는 사랑하는 딸과 그애의 약혼자가 한꺼번에 죽었다는 소식까지 듣고 있었소. 내 아내와 신하들도 함께 말이오. 난 가볍게 그 소식을 견뎌냈어요. 그건 내가 죽을 것이라는 것을 믿었기 때문이었소. 그런데 당신은 지금 나더러 그런 소리를 하니 그 얼마나 무자비한 소리요. 내가 한 모든 행동이 부조리가 되고 마는 게 아니냔 말이오. 날 죽여 주시오!

침묵.

오도아케르 당신은 지금 고통스럽겠지요. 하지만 그걸 극복하고 제발 나의 항복을 받아 주십시오.

로물루스 당신도 두렵겠지요. 하지만 당신이 그 두려움을 극복하고 날 죽여 주셔야겠소.

침묵.

오도아케르 당신은 지금까지 당신의 국민들만 생각해 왔습니다. 그러나 이젠 당신의 적도 생각하셔야 합니다. 만일 당신이 나의 항복을 받아 주지도 않고, 우리들이 공동보조도 취하지 않으면 세계는 내 조카의 손에 떨어지고 맙니다. 제2의 로마제국이 생기는 것입니다. 과거의 로마제국과 똑같이 허무한 피투성이의 게르만 세계제국이요. 일이 그렇게 되면 당신의 로마제국의 멸망이라는 과업은 그 의미를 잃고 맙니다. 로물루스 황제, 당신의 위대함에서 외면하지 마십시오. 당신만이 이 세계를 제대로 다스릴 줄 아는 사람입니다. 부디 자비를 베풀어 나의 항복을 받아 주시고 양국의 황제가 되어 주십시오. 그래서 테오도릿히의 피투성이의 위대함에서부터 우리를 지켜 주시오. (무릎을 꿇는다)

로물루스 나는 그러고 싶어도 더 이상 그럴 수가 없소이다. 당신이 내 행위의 정당성을 빼앗아 갔어요.

오도아케르 결정적인 말씀이신가요?

로물루스도 무릎을 꿇는다. 그래서 두 사람은 서로 무릎을 꿇고 마주 대하게 된다.

로물루스 날 죽여 주시오! 이렇게 무릎 꿇고 청합니다.

오도아케르 우릴 도와 달라고 더 이상 강요할 순 없겠군요. 불행은 이미 일어난 것이니. 그러나 전 당신을 살해하진 못하겠습니다. 왜냐하면 그건 제가 당신을 경애하기 때문입니다.

로물루스 다시 잘 앉읍시다.

오도아케르 그러지요.

로물루스 당신이 날 죽이고 싶지 않다면 한 가지 해결책이 있습니다. 아직도 날 죽이고자 하는 한 사나이가 지금 내 침대 앞에서 자고 있습니다. 그를 깨우면 되겠습니다. (일어난다)

오도아케르 (따라 일어나며) 그건 해결책이 못 됩니다, 로물루스 황제님. 그런 당신의 죽음은 의미가 없습니다. 그것이 의미를 가지기 위해선 세계가 당신이 생각하는 바와 같아야 할 것인데, 세계는 그렇지 못하지 않습니까? 당신의 적도 당신처럼 외롭게 행동하려는 인간이라는 걸 알아 주셔야 합니다. 당신도 운명에 따르는 수밖에 없어요. 다른 수가 없습니다.

침묵.

로물루스 다시 앉읍시다.

오도아케르 그 밖에 우린 할 일도 없군요.

로물루스 그래 이제 날 어떻게 하시겠소?

오도아케르 전 당신에게 은급을 주어 퇴직케 하겠습니다.

로물루스 은급 퇴직이라고요?

오도아케르 우리가 아직 취할 수 있는 유일한 해결책입니다.

침묵.

로물루스 은급을 받으며 퇴직한다는 것은 아마 내가 당할 수 있는 일 중에서 가장 끔찍한 일일 것이오.

오도아케르 하지만 나도 지금 가장 끔찍한 일을 요구하고 있는 사람 앞에 서 있다는 것을 잊지 말아 주십시오. 당신은 나를 이탈리아의 왕으로 선포하셔야 하고, 나는 그 첫 일을 수행하지 않으면 안 되는 겁니다. 그렇지 않으면 그건 종말의 시작이 될 테니까요. 싫건 좋건 나의 통치는 한 사람을 살해하는 것에서 시작되어야 하는 겁

니다. (칼을 빼들고 오른쪽으로 나가려 한다)

로물루스 어쩌려고 그러오?

오도아케르 내가 아직 그보다 강할 때 그를 죽여야 하는 겁니다. 내 조카를요.

로물루스 그건 잘못 생각하신 거요, 오도아케르. 당신이 조카를 죽인 다 하더라도 당신 앞에는 수천의 테오도릿히가 나타날 거요. 당신의 국민은 당신과 다르게 생각하고 있는 겁니다. 당신의 국민은 영웅의 출현을 바라고 있어요. 이건 어쩔 수 없는 일입니다.

오도아케르 다시 앉읍시다.

그들은 다시 앉는다.

로물루스 오도아케르, 난 운명을 받아들이려 했고, 당신은 그것을 피하려 했소. 이제 실패한 정치가 노릇을 하는 것이 우리의 운명이 되었소. 우리는 세계를 우리 손으로 내던져 버릴 수 있다고 믿었습니다. 당신은 당신의 게르만을, 난 나의 로마를 말이오. 그런데 우리는 이제 그 산산히 부서진 조각들을 도로 맡게 되었습니다. 이 부서진 조각들은 내던져 버릴 수도 없는 것들이죠. 나는 로마의 과거가 소름 끼치게 무섭기 때문에 로마를 사형에 처했소. 한데 당신은 게르마니아의 장래가 무섭기 때문에 사형에 처하려는 거요. 그런 과거의 일이나 장래의 일에 대해선 우리가 아무런 힘도 없기 때문이겠죠. 우리는 오직 우리가 생각지도 않던 현재, 그래서 암

초에 걸려 있는 현재에나 손을 써 볼 수 있는 것인가 봅니다. 그러니 난 이제 은급을 받으며 그런 회상 속에서 나 여생을 보내게 되겠지요. 내 사랑하던 딸과 아들, 아내를 생각하며, 또 양심의 가책을 받으며……

오도아케르 그리고 난 또 통치를 해야겠지요.

로물루스 현실이 우리의 관념을 수정해 주었습니다.

오도아케르 네, 쓰디쓰게.

로물루스 그 쓰디쓴 걸 견뎌 내 봅시다. 무의식에 의무를 부여하고, 당신에게 남겨진 그 몇 해 안 되는 동안을 충실히 다스리도록 노력하시오. 게르만의 영도자, 그것이 당신의 임무요. 그렇게 다스리는 거요. 영웅적인 시대가 아니기 때문에 세계사가 망각하게 될 몇 해가 될 거요. 하지만 그것은 이 복잡한 지상에서 가장 행복했던 시기 중의 하나가 될 거요.

오도아케르 그러고는 죽어야겠죠.

로물루스 힘을 내시오. 당신의 조카는 나도 죽일 것이오. 그는 자신이 내 앞에 무릎을 꿇었다는 사실을, 결코 자신을 용서하지 않을 테니까요.

오도아케르 그럼 우리 이제 우리의 서글픈 식부로 돌아가 볼까요?

로물루스 빨리 서둡시다. 마지막으로 다시 한 번 희극을 합시다. 이 세상에서 기대가 이루어진 것같이. 그리고 정신이 인간이란 물질을 이겨 낸 것같이.

오도아케르 조카!

오른쪽으로부터 테오도릿히가 등장.

테오도릿히 부르셨습니까, 숙부님?

오도아케르 군 수뇌들을 이리 불러 들여라.

테오도릿히 네, 숙부님.

그는 차려 자세를 해 보이고 다시 오른쪽으로 나간다. 무대는 삽시에 먼지를 뒤집어쓴 피로하고 지친 게르만의 행렬로 가득 찬다. 그들은 형리 같은 단조로운 리넨 옷에 간단한 헬멧을 쓰고 있다. 오도아케르가 일어선다.

오도아케르 (일어서며) 게르만이여! 긴 행군으로 더러워지고, 지치고, 그리고 햇볕에 그을리며 그대들은 방금 긴 원정을 끝냈다. 그대들은 지금 로마의 황제 앞에 서 있다. 황제께 경의를 표하라.

게르만인들은 차려 자세를 취한다.

오도아케르 게르만이여! 그대들은 낮이면 행군할 때, 밤이면 모닥불 곁에서, 이분을 비웃었고, 이분을 모욕하는 노래를 불러 왔다. 그러나 나는 이분의 인간적인 면을 보게 되었다. 이 분보다 더 위대한 사람을 나는 일찍이 본 적이 없다. 또 앞으로 내 후계자가 될 사람들 중에서도 보지 못할 것이다. 이분을 로마 황제라는 칭호로 불러라.

로물루스 로마 황제인 나는 나의 제국을 멸망시켰소. 자,

이 다채로운 세상을 다시 한 번 보시오. 창공에 높이 떠 내 연약한 입김에 불려 다니던 이 대제국의 꿈을 보시오. 돌고래가 춤추는 푸른 바다로 둘러싸인 이 넓게 펼쳐진 나라를, 사람을 따뜻하게 해주는 이 나라를 보시오. 그러나 태양이 높이 뜬 지금, 이 꿈의 나라는 황제의 손아귀에서 무릇 소멸하기 위해 불타고 있소.

매우 조용하다. 게르만인들은 일어나는 황제를 놀라서 응시한다.

로물루스 나는 게르만의 사령관 오도아케르를 이탈리아의 왕으로 봉하는 바이다!

게르만인들 이탈리아 왕 만세!

오도아케르 여기에 대해 본인은 로마 황제께 여기 캄파니아에 있는 루쿨 별장과 함께 연간 금화 6천 냥을 드린다.

로물루스 배고픈 황제의 시대는 지났구나. 여기 월계관과 황제의 토가가 있소. 제국의 보검은 정원도구들 있는 데 있을 거요. 원로원은 시하 묘시에 잠들어 있을 세고. 자, 저 벽에 있는 내 동명이인을 갖다 주오. 로마를 건립한 로물루스 황제의 흉상을!

게르마인 한 명이 흉상을 가져온다

로물루스 고맙소.

로물루스 (흉상을 겨드랑이 밑에 낀다) 게르만의 영도자, 이젠 가겠소. 난 은급 생활로 들어가는 거요.

게르만인들 차려 자세를 취한다.

스푸리우스 티투스 맘마 (뒤쪽에서 스푸리우스 타투스 맘마가 손에 칼을 들고 달려나온다) 황제를 잡아라! 내가 죽이겠다!

이탈리아의 왕이 된 오도아케르가 위엄 있게 그의 앞을 막아선다.

오도아케르 기병대장, 칼을 거두어라! 이제 황제는 없다.
스푸리우스 티투스 맘마 제국은?
오도아케르 멸망했다.
스푸리우스 티투스 맘마 그럼 로마제국의 마지막 장교가 잠을 자느라고 자기 조국의 멸망을 몰랐단 말인가! (경악하며 허물어지듯 주저앉는다)
로물루스 여러분, 이리하여 로마제국은 멸망했습니다. (천천히 흉상을 겨드랑이에 낀 채, 고개를 숙이고 퇴장한다)

게르만인들은 경외심에 가득 차서 그를 배웅한다.

― 막이 내린다.

옮긴이 약력

평남 맹산 출생
한국 외국어대학 독일어과 졸업
극작가·한양대 교수

작　품
《초대받지 않은 사람들》《박제된 인간》《알라망》
《마술사의 제자》《콤포지션 下》

역　서
하인리히 뵐 《결산》
에이빈트 욘손 《욘손 단편집》
귄터 그라스 《민중들 반란을 연습하다》
바하만 《바하만 단편집》
한스 카로사 《소년 시절》
그림 형제 《독일민역설화집》
《독일 민화집》
《독일 꽁트집》

미시시피 씨의 결혼　〈서문문고178〉

개정판 인쇄 / 1996년 6월 20일
개정판 발행 / 1996년 6월 30일
글쓴이 / 뒤렌 마트
옮긴이 / 김 창 활
펴낸이 / 최 석 로
펴낸곳 / 서 문 당
주소 / 서울시 마포구 성산1동 20—12호
전화 / 322—4916~8　팩스 / 322—9154
등록일자 / 1973. 10. 10
등록번호 / 제13-16

초판 발행 : 1975년 5월 5일　* 잘못된 책은 바꾸어 드립니다.